EL CRIMEN DE LA INFLUENCER

Saga Comisario Pizarro 5

ÁNGEL SORIA RODRÍGUEZ

**A Elena que me
cuida y permite
que no tenga más presión que la atmosférica.
Muchas gracias.**

A MODO DE INTRODUCCIÓN

En Casa Sopuerta, la taberna donde Pizarro ha sentado sus reales en las primaverales mañanas a modo de oficina nada parece lo que es. Desde la acera de enfrente se ve la entrada de Casa Sopuerta, como si fuera la boca del dibujo de una casa hecha por un niño. Sobre esta boca de entrada, una farola colgada entre las dos ventanas parece un par de ojos, y una nariz ganchuda. Una de las persianas está cerrada, la otra está abierta. La ventana cerrada es como el guiño de uno de los dos ojos que simulan las ventanas. Sobre la puerta de entrada, como un bigote a lo Groucho Marx, un cartel dice: Casa Sopuerta. Pizarro es engullido, como cada mañana, junto al *Sankris*, su nuevo becario por la boca de entrada de Casa Sopuerta, en la calle de San Vicente Ferrer, en Malasaña.

Están sentados frente a un par de copas de aguardiente que les ha servido Goyo, el encargado de la taberna. Pizarro y *Sankris*, mientras Goyo barre el local -las sillas sobre las mesas y la luz de la calle iluminando el bar, como dice el tango, a media luz- charlan sobre lo divino y lo humano.

El delito, *Sankris*, le dice Pizarro, es el verdadero castigo divino. Nada que ver con el pecado original. Caín, con el quijadazo a su hermano se convirtió en el primer delincuente. Nada tiene que ver con que su madre le diera la manzana a Adán, y fueran condenados, con ello, a vivir fuera del Paraíso. Y no vale alegar que se sintió desplazado ni que su educación se resintiera. Fue el golpe asesino con la quijada del burro lo que le condenó. Eso y su ansia de poder.

O sea, jefe, que la culpa no fue de Dios que vio con mejores ojos la ofrenda de Abel, aquel corderito lechal ojalado de ricas costillitas que se iba a comer asadas al sarmiento y no las simples lentejas con las que vendió su primogenitura, lo que dio comienzo a este nuestro oficio.

Lo de las lentejas, *Sankris*, corresponde a otro pasaje de la Biblia.

Pues yo siempre creí que Dios se mosqueó por las lentejas que le ofreció y por eso mató a su hermano.

Los de las lentejas, *Sankris*, eran Esaú y Jacob. No tenían nada que ver con los gemelos de Adán y Eva.

Yo ahí me pierdo. Pero el delito, jefe, es necesario. El delito es economía. Si no hubiera delito no habría delincuentes y, sin ello, no habría *madera*, ni fiscales, ni *ropones*, ni abogados. Pero tampoco habría investigadores privados, ni *libracos* gordos de Derecho… Con lo que la Justicia no existiría, ni la literatura negra, ni las imprentas, por tanto. El delito, además, por si no lo habías pensado, rompe la monotonía de la vida burguesa del *homo sofacense* y esa monotonía lleva al divorcio con lo que la Iglesia, siempre tan pacata, no podría oponerse al divorcio y también sería una cosa superada pues vive de denunciar tanto el pecado como el delito y, si el delito no existiera, no tendría razón de ser. El delito mantiene, asimismo, el noticiario de las televisiones, la mitad de las noticias de prensa. La Casa de la Moneda estaría cerrada porque ¿para qué íbamos a querer unos billetes tan chulos y seguros como los euros si no hubiera falsificadores? No, jefe. El delito debería estar promovido por los políticos como creación de empleo. Pero el delito con mayúsculas, no el rollo ese que se traen de comisiones y trinques, no; el delito a lo grande.

El crimen, continúa, además facilita el acceso al mercado laboral, favorece la aparición de funerarias, empleos como los enterradores, etc. El crimen, lo quieras o no, es el acicate de la economía.

¿Y eso lo aprendiste en las charlas con el *Ninchi* en el bar Vietnam?

No, jefe, eso lo dejó escrito, aunque con otras palabras más finas, claro, don Carlos Marx allá por el año 1857, lo que pasa es que como sus detractores acuñaron el término marxismo para asustar a la gente, no se lo tienen en cuenta.

Pues nada, *Sankris*, vamos a salir ahí fuera a ver si jodemos la economía resolviendo algún caso y quitando emprendedores de las calles.

Coño, jefe, que era una forma de hablar. Algo así como una parabólica.

Eso, y ahora quítale a Higuero el título de manipulador de palabras.

****

Pizarro y *Sankris* estaban investigando una infidelidad. Al parecer un marido pensaba que su mujer, una rubia de impresión, le estaba engañando con su *webmaster*. La rubia era *influencer* y, como no sabía nada de informática, necesitaba para mantener su web, la ayuda de un profesional.

Higinio Verdura Soto, ahora que era *webmaster* se había cambiado el nombre y figuraba en su perfil de Internet como HVS *Teachers on line* y se hacía llamar Higgs porque Higinio, decía, sonaba a lañador-paragüero de Ourense mientras que Higgs sonaba a aquel del bosón y la física de partículas. El Higgs era un hombre musculoso, que se pasaba la mañana en el gimnasio *Thermopile's Box*, de Las Tablas, haciendo *crosffit* y algo de *Body Combat* que era la gimnasia propia de los Espartanos. Higgs era atractivo, dinámico y muy resuelto en asuntos de nuevas tecnologías. Inglés no sabía, es cierto, salvo la nomenclatura de los programas y los ejercicios gimnásticos, pero, en una conversación normal, entre personas de la generación Z pudiera parecer hasta bilingüe.

Candelaria, la *influencer* que había contratado a Higgs estaba muy recauchutada. Se inyectaba *botox*, ácido hialurónico, se hizo un *lifting* facial, y se gastaba la pasta de Ildefonso, su marido, en luz pulsada, láseres CO2 fraccionados, aumento de labios superiores con colágenos, mesoterapia con vitaminas y otros retoques en la clínica *Improve your Face* de la calle de Fuencarral, en Madrid.

Ildefonso Azuara, el marido de la *influencer* Candelaria había hecho una pequeña fortuna captando viviendas que eran rechazadas en las ITE que el ayuntamiento de Madrid promovía a través del IEE o Informes de Evaluación de Edificios. Estas viviendas se compraban a un precio de "*derribo*" y se vendían, tras pasar la ITE, de forma ilegal, multiplicando su valor. No era un negocio bastardo, aunque sí muy lucrativo, que daba para que Candelaria pagase a su Clínica de cabecera, *Retouche´s*, ahorrar lo suficiente para abonar un fondo de inversiones y, al paso, contentar a quienes promovían, vendían y compraban los edificios de Ildefonso que eran, en síntesis, quienes le recebaban su cuenta corriente.

Ildefonso Azuara, que es hombre de cierta edad, pasaba el día en la oficina, enclaustrado entre las cuatro paredes de su edificio y, si de algo disfrutaba era cuando llegaba a casa, ya tarde, viendo a su esposa cada día más joven y con un espíritu emprendedor hasta entonces desconocido. Candelaria había creado una página *web*, había comprado a una *granja de trolls* rusa, tres millones de seguidores y se había hecho influencer. Ildefonso, que no sabía nada de nuevas tecnologías, pensó que ganar tres millones de seguidores y ser influyente era como tener un asesor presidencial de un partido político en la mesilla de casa para su uso exclusivo.

Una tarde, mientras comía su menú del día en el bar frente a su oficina, salió en el televisor un joven apuesto, enseñando una tabla de gimnasia a unas señoras en un gimnasio que era, en realidad, un viejo local en Fuenlabrada, según aparecía en un texto sobrepuesto a las imágenes. Le pareció que una de las mujeres era Candelaria y que el *marine* que la dirigía se aferraba, con demasiado poco tacto sobre el culo de su esposa. Ella, pese a todo, parecía disfrutar de la tabla gimnástica y del magreo a partes iguales sin que le hubiera arreado una patada en el tanga de camuflaje que llevaba sobre un pantalón de licra que era como una segunda piel.

A Ildefonso, entonces, se le cruzó una nube negra por los ojos. El gazpacho se le agrió y la pescadilla que reposaba sobre una cama de lechuga iceberg y unos gajos de tomate de pera bastante secos, le miraba con cierta burla desde esos ojos congelados. Apretó los puños hasta casi doblar el tenedor como un Ury Geller cualquiera y se levantó enfurecido. Dejó los habituales doce euros sobre la mesa y se marchó del bar sin terminar su condumio.

La suerte quiso que, al abrir el ordenador y poner en el buscador la frase contratar investigador privado, saliera el nombre y el número de la empresa de Pizarro.

A partir de aquí comienza esta historia...

CAPÍTULO 1

Yo, señor Pizarro, no me considero un troglodita. Ni por asomo. Pero tampoco soy partidario del amor libre. Creo que todo hombre debe defender lo suyo con uñas y dientes. ¿No le parece?

¿Eso incluye a los inquilinos de sus edificios?, preguntó Pizarro.

Eso es un asunto al margen de lo que estamos hablando. El caso, le decía es que quiero que su empresa vigile a mi esposa y, sobre todo, al *Mister Propper* ese del gimnasio. El calvo este de aquí, le dijo señalando una fotografía del folleto informativo del *Thermopile's Box*, de Las Tablas.

Está cachas, desde luego, dijo *Sankris*. ¿Sabe usted su nombre?

No señor. No sé nada de él. Y si los he contratado a ustedes es para que me informen de todo sobre él. Si es un hombre decente, si por el contrario es un delincuente o si está casado o es soltero. Todo. Quiero saber con quién me juego los cuartos y, la información, siempre es un triunfo que se lleva en la mano en todos los negocios.

Vamos, dijo Pizarro, que usted quiere un informe completo del tipo, y no tanto de si está liado con su esposa o si el negocio es una tapadera o algo por el estilo.

No señor. Yo quiero el informe más completo de él y de su vida. Y para eso no me voy a parar en barras a la hora de pagar aquello que ustedes me pidan. Lo de si el tal Higinio Verdura está liado con mi esposa debe permanecer, en todo momento, en secreto. Yo tengo una imagen, ¿comprenden? Ella es la imagen de mi empresa. Yo soy un hombre mayor y ella es insultantemente joven, somos dos mundos en uno y eso, para una empresa, da imagen de proyección.

Si usted quiere así se hará, pero, con ser un aguililla en sus negocios, don Ildefonso, no lo es tanto negociando con nosotros. Nuestra empresa tiene unos honorarios fijos. Una cantidad y los gastos que ocasione nuestro trabajo. Pero si usted va usted diciendo, de antemano, que está dispuesto a pagar lo que sea le puede salir rana el negocio. ¿Lo entiende, ¿verdad?

Es cierto, dijo el marido. Pero es que pierdo el norte con estas cosas. A Candelaria no le ha faltado nunca de nada, y no ha tenido una sola cortapisa para hacer lo que le ha dado la gana. No puedo entender por qué le ha dado ahora por esto.

Igual tiene que ver con usted y la libertad que le ha ofrecido, don Ildefonso. Pero, en fin, esto es cosa suya. Nosotros, si le parece bien, vamos a hacer un seguimiento y nos informaremos sobre don Higinio Verdura y todo aquello que le rodea.

Conforme. Dígame qué le debo y les extiendo un talón.

Nada de talones, don Ildefonso. Usted me da una cantidad, la mitad del total y yo, cada semana, le daré un informe lo que vayamos conociendo y una relación de los gastos que hemos tenido. Al final, si usted queda satisfecho nos paga y tan amigos.

¿Cuánto es ese cincuenta por ciento?

Tres mil euros.

Aquí tiene, dijo tras abrir una caja fuerte que tenía colocada en la pared de su despacho, tras un cuadro con una marina pintada al óleo.

Eso es Ondarroa, en Vizcaya, ¿verdad usted que sí?

Efectivamente. Lo conoce.

No, pero la matrícula es Bi y, sobre la camareta del patrón figura el nombre: Intxorta Mendi y el patrón que se asoma a la ventana es Juan Ignacio Bergara.

Pues no me había fijado nunca. Se nota que está usted acostumbrado a fijarse en los detalles más nimios. Y hasta el nombre del patrón sabe. ¡Qué tío!

Cierto le dice Pizarro sin aclarar que Bergara es su amigo y por eso lo conoce. Bueno, don Ildefonso, le dejamos que tendrá que hacer. El próximo lunes le traeremos los primeros datos sobre el presunto acechador de su esposa.

****

El *Sankris* se ha tenido que hacer socio del gimnasio. En principio no quería hacerlo, pero, le dijo Pizarro, que así era la vida del investigador y no tuvo más remedio que aceptarlo.

Al día siguiente se presentó en el gimnasio. Una bolsa de deporte de Munich 72 que tenía guardada desde el colegio, un chándal del mismo año, pero copia de mercadillo y una diadema en la frente como las que portaba Björn Borg. El último ejercicio que hizo el *Sankris* en su vida fue cuando le tocó saltar el plinto y se le cayeron los cromos del bolsillo tras dar un cabezazo al elemento que lo desarmó por completo. Su aspecto, en lugar de gimnástico parecía más el del Elvis del retrovisor cuando atraviesa una zona de baches.

Las mazas de turno se le acercó a él y le preguntó sí hacía mucho que no acudía a un gimnasio.

Pues desde ayer que viene a matricularme.

¿Y anteriormente?

Anteriormente era sedente, como un Pantocrátor.

¿Ibas en Grecia al gimnasio?

Sí, dijo el *Sankris*.

¿Y qué ejercicios hacías? ¿Cómo se llamaba tu *sensei*?

El *sirtaki*. Y mi maestro era Zorba. No te jode, pensó para sí mismo.

Perdona si te he molestado. Es que estoy estudiando un ciclo de grado superior de Técnico en Animación de Actividades Físicas y Deportivas.

Coño. Pues viendo lo enterando que estás debes de ser el puto amo en clase.

Psche. No se me da mal.

Oye, una cosa. ¿Este gimnasio de quién es? Quien es su dueño.

¿Lo quieres comprar?

No. Es para saber a quién le dejo la pasta. No me gusta que se me vacilen.

Es de aquel que lleva la tira de tela roja en la frente. Está entrenando a un montón de tíos que están preparando la oposición para maderos.

¿Y cómo se llama?

Germán. Germán Carazo. No gana mucho, porque la gente aquí no tiene mucha *guita*, pero se folla a todo lo que se menea.

¿A esa rubia de la cara hinchada también?

A esa especialmente. Está casada, pero el marido, según dice Germán, es un *gil* que no la atiende debidamente.

Pero venga, le dice el confidente, prepárate que vamos a hacer los primeros *wods*.

¿Eso que es?

Los wods son las rutinas del crosffit. Vamos a empezar con el *Front Squat*.

¿Con el qué...?

Las sentadillas.

¿Joder, y no puedes decir sentadillas?

Es que en el crosffit todo se dice en inglés. Verás, además del *Front Squat*, están el *eadlift,* el *muscle up,* el *clean,* el *clean and jerk,* el *couble under* o *air bike* y el *wall ball shots.*

Pues casi que lo vamos a dejar hasta que termine el curso de inglés que estoy haciendo por correo.

****

¿Y no te habrás abonado al gimnasio por todo el año para sonsacar eso tan solo, ¿no?, le pregunta Pizarro.

Tranqui, jefe, que esos *mendas* son unos *pringaos*. Yo les dije que quería probar primero y, si me molaba, me apuntaba. Al hablar todo en inglés le he dicho que *nasti,* que a mí no me iba lo del inglés y me he *dao* el dos.

Muy hábil, pero si tenemos que volver, ¿qué hacemos?

Mandamos al *Ninchi* y que haga lo mismo.

CAPÍTULO 2

Candelaria Cordero Antúnez, *Candy Lamb*, en el mundo de Internet, tiene una página web muy moderna y llenita de estadísticas, como si fuera la del Banco de Londres. En ella se muestra el número de visitantes, los seguidores y, especialmente, un gran número de marcas que, de una forma u otra, mantienen el chollo de Candy Lamb. Tiene un formato rosado, como del mundo *Barbie* donde se transmite la filosofía de la firma gracias al uso de los colores, ilustraciones e imágenes de las distintas marcas. Un escaparate para compradoras impulsivas con, o sin dinero. La mitad de los visitantes son mirones. *Voyeurs* sin interés en comprar nada pero que, tan solo con su visita, engordan el número de presencias y, con ello, la pretendida influencia de Candy Lamb.

Esto, naturalmente, Candy Lamb no lo sabe. Es lo que le cuenta su *talent manager*. El talent de Candy Lamb es Gustavo Cenceño, alias *Tuby*, por lo de Gustavo. Tuby es un prodigio en esto de la influencia. Sus ideas, su intermediación con las marcas, dan y quitan poder a su *cuadra* de influencers. Tuby estudió marketing en la Universidad Villanueva de Madrid, puro Opus Dei. Al Tuby no le dio por cantar las alabanzas de *sanjosemaría,* sino que, al acabar la carrera, hizo un master de diseño gráfico y se lanzó al mundo del asesoramiento para influenciadoras.

Candy Lamb y Tuby no mantienen más relaciones que las puramente profesionales. Apenas se conocen, pero, quien escuchase a la inflluencer pensaría que son íntimos amigos. Ella, dice, no hace nada que no pase por la cabeza de Tuby. Para ella es como un lama budista, pero sin la túnica color azafrán.

Candelaria Cordero, cuando cuelga el disfraz de Candy Lamb, es una mujer modosa, casera y enamorada de Ildefonso, su esposo al que le separa de su mujer más de una veintena de años. Ildefonso dice que Candelaria es buena pero que pierde la cabeza cuando se mete en el mundo virtual. Eso es cosa, suele decir Ildefonso, de la gentuza que anda escondida tras perfiles falsos, *niks* infantiles y una mala influencia. A su esposa, si no fuera por lo enamorado que está de ella, le habría prohibido andar metida en estas cosas, pero, en el fondo, ella es tan simple que piensa que con sus influencias va a conseguir ganar dinero.

Lo que no sabe Ildefonso es que la cuenta corriente de Candy Lamb no tiene un duro, pero sí que dispone de una suculenta cuenta en dinero virtual; en criptomonedas, un activo no regulado que tiene un valor fluctuante y que no es detectable por Hacienda. Ese dinero, como todo, lo maneja Esteban Díaz de Terán y Juncosa, el abogado de don Ildefonso quien, cada cierto tiempo, le da explicaciones de las cestas o las ubicaciones y su subida de réditos a Candy sin que don Ildefonso lo sepa. Ahora a Candy Lamb no le cortaría una uña nadie por menos de cien millones de euros.

Quien sí que lo sabe es Germán Carazo, su *coach* personal. Germán Carazo, quien entre tabla y tabla de gimnasia le corrige sus movimientos de una forma bastante fuera de lo común mientras le va preguntando cómo lleva su cuenta corriente virtual. Germán sabe dar carrete a las mujeres. Sabe qué tecla tocar para saber si tienen algunas carencias afectivas o si no afectivas sí, al menos, de realización como mujer. Quien conoce qué le pasa a una mujer, suele decir, sabe cómo manejarla.

****

Hoy Candelaria se ha puesto el traje de Candy Lamb y ha salido a la calle en busca de *La Noche*. El mundo de las influencers tiene mucho que ver con el conocimiento de *La Noche*. Fiestas, personas, saraos, organizaciones de eventos, todo eso que conforma *La Noche*, es el magma que alimenta este mundo de virtualidades. Candelaria ha elegido para esa noche un vestido –casi una gasa– ligero y evanescente. Un vestido *palabra de honor* que se ajusta a su cuerpo como una segunda piel y unas sandalias de la serie *Vestiaire* muy glamourosas diseñadas por Mercedes Castillo, una madrileña que trabaja para lo mejor de lo mejor de la moda en Estados Unidos.

Candelaria está radiante. Ha pasado el día tomando agua *Svalbarni* que se hace traer desde Londres. Es un agua procedente de icebergs que se derriten y que se transportan, hasta el mismísimo Harrods, en rompehielos. Cuesta una lana, pero a don Ildefonso eso no le molesta.

Candelaria ha llamado a un servicio de taxi puerta a puerta y se ha presentado en la fiesta donde ha sido recibida como la *celebrity* que ya es. Tras pasar por el *photocall* y responder a alguna pregunta sobre su *look*, ha entrado en el interior del local. Todo está muy agradable. Se nota la mano de Elena Suárez y el diseño floral de su *atelier*. Se acerca a la barra y enseguida la rodean un montón de moscones. Son algunos seguidores, le dicen, que intentan fotografiarse con ella. ¡Qué horror!, piensa, pero éste es el lado oscuro de la fama, se dice. Tras librarse de ellos se dirige al espacio que *Veuve Cliquot* le ha reservado. Allí están otras influencers. Las saluda. Se miran de forma disimulada. Algunas lo hacen con la ceja levantada. La suficiencia es la más común de los rasgos de estas víboras, piensa. Lo que no se da cuenta es que ella ha hecho otro tanto con sus compañeras.

Van llegando las *celebrities*. Se rumorea que acudirán Cris y Georgina, también Richard. Richard, *of course*, es Richard Gere que, como se ha casado con una española, parece que van a vivir aquí. Por ahora no se les ha visto.

Tan solo algunas viejas glorias. Por cierto, esta mujer, dice mirando a Bárbara, con la que ha montado con el emérito, no sé cómo se le ocurre aparecer en público. Saluda levantando la mano a Ibai. Cómo se ha quedado este hombre, se dice, si parece la mitad de lo que era. Ya le valía cómo estaba, si parecía un truño, piensa.

Alguien se ha atrevido a taparle los ojos a Candy por detrás. Hay que ser hortera para hacer eso. ¿No será capaz de pensar que me esta arruinando el maquillaje? Se gira y se encuentra a Lemond. Lemond es un antiguo novio que tuvo antes de conocer a Ildefonso.

¿Qué haces por aquí, bellezón?

¡Lemond!, cariño y roza sus mejillas en un remedo de beso para no sentir la piel áspera y rugosa de su ex.

¿Te ha dejado venir tu maridito?

Eres imbécil.

Para, para, le dice Lemond. Que vengo en son de paz. ¿Quieres tomar algo?

No se debe tomar nada en una fiesta, Lemond ¿Todavía no te has enterado? Y menos con un ex.

Yo sí puedo. Ten en cuenta que yo no vengo a venderme, ni tengo que lucir palmito. Eso para ti que vives de tu imagen. La mía es la imagen de la derrota y a nadie le importa qué es lo que representa.

¿Sigues viajando?

Sí, por supuesto. Siempre huyendo de ti. Ahora vengo de Fidji. Hemos hecho un *book* a una niña nueva que tendrías que conocer.

¿Quién es?

No sé su nombre. En cualquier caso, se lo cambiarán mañana, cuando salgan las fotos. Tiene apenas 16 años y va a romper la pana en tu mundillo.

¿Y cuál es mi mundillo?

El de parecer lo que no se es.

Vete a la mierda.

Calma, *influencer*, le dice Lemond, que sabe perfectamente en qué llaga poner el dedo. ¡Habrase visto!, Candy Lamb hablando como una Candelaria cualquiera.

Ya te has metido esa basura que acostumbras por la nariz.

Cálmate, guapa. Ya te he dicho que vengo en son de paz. Quería saber si quieres participar en un asunto que tengo entre manos. Es algo que puede darte sus buenos beneficios.

¿Y qué es?

Sólo se trata de acudir a una fiesta. Están buscando chicas que merezcan la pena. Gente famosa. Va a ser en un crucero de lujo por Ibiza. Un finde con lo mejorcito del rock y del fútbol. Algunas ya se han apuntado, pero, las que me han confirmado no te llegan a ti ni a la suela de las sandalias. Por cierto, ¿*Constellation Diamond*?

No, Mercedes Castillo.

Siempre tuviste clase, Candelaria.

No me vuelvas a llamar así en un evento.

Perdona, mujer. Todavía me acuerdo cuando te llamaba así. No te lo vas a creer, pero aún te echo de menos.

Siento tener que dejarte. Ahí viene Germán mi *personal coach*.

¿Ahora estás con un cachas de gimnasio? ¡Qué desilusión!

Vete a la mierda. Se marcha y deja a Lemond con tres palmos de narices.

¿Pasa algo, Candy?

No, Germán. Nada. Uno de mis ex que se estaba poniendo pesado.

¿Quieres que le dé una paliza?

No, en absoluto. Para esto me basto y me sobro yo sola.

¡Candy Lamb, nada más y nada menos! Dice gritando un delgado y alborotado homosexual venezolano haciendo movimientos con los brazos como una mariposa monarca de vuelta a casa.

Morris, mi vida. Pero qué elegante, con ese esmoquin negro y blanco.

¿De verdad no te parezco una vaca despendolada?

¡Ay, amor!, cómo te gusta torturarte. Mira que pensar en una vaca, con ese cuerpo estilizado que Dios te ha dado. Ya lo quisiera yo para mí.

Por favorrrrr, dice alargando la letra r si estás divina.

Hacen el amago de besarse en los carrillos y el escandaloso Morris desaparece con la misma algarabía de grititos con la que había entrado en escena.

Pronto comienzan los disparos de tapones del champán. La alegría se desborda. Candy Lamb observa a dos personas que están en el centro del local mirando hacia el reservado donde está ella.

No los conoce. Son dos personas que ella nombraría como de aspecto horroroso. El uno es alto y desgarbado, viste como un rapero del extrarradio y el otro lleva una americana y un pantalón de una calidad que deja poco a la imaginación. Son dos excepciones, dos anomalías en el ambiente de la fiesta. Candy quisiera volver la vista, mirar hacia otro lado, pero no puede hacerlo. A ella nunca le ha gustado la vulgaridad y esos dos tipos son de un vulgar que espanta. ¿Qué harán allí?, se pregunta.

¿Ocurre algo, Candy?, le dice Germán.

No. Nada. Estaba mirando a esos dos tipos que no quitan su vista de nuestro reservado. Me dan miedo...

No son nadie, cariño. ¿Cómo te has podido fijar en esos dos tipos?

No lo sé, pero no quitan su mirada de nosotros.

¿Quieres que vaya y le eche a hostia limpia?

No, por Dios. Pareces un matón, Germán. Si están aquí será porque están invitados. Nadie puede pasar a estas fiestas si no es con una exclusiva invitación.

Entonces, dice Germán, pasa de ellos. Estarán mirando porque no hay nadie más famoso ni más elegante en la fiesta.

Candy le hace un arrumaco, agradecida. Casi como un beso perdido.

Los dos hombres que están mirándola no pierden detalle de ese fingido beso.

En un momento dado sacan sus teléfonos móviles y fotografían el reservado. Un momento después vuelven a hacerlo cuando salen a bailar. Germán, aprovechando la ocasión, frota su miembro sobre el culo recio y prieto de Candy Lamb. Ella entorna los ojos y se pierde en el camino al reservado.

Los dos hombres siguen fotografiando a la pareja, también lo han hecho con todos los que han hablado con Candy. Cualquiera diría que la están siguiendo, piensa. Al final se va a asustar de verdad….

La bebida se está acabando, el champán y algún que otro producto consumido sobre la loza del cuarto de baño dan pie a una locura de bailes y tropezones. Se diría que la fiesta se acaba.

Vámonos, le dice Pizarro a *Sankris*. Ya tenemos, por hoy, todo lo que necesitábamos.

CAPÍTULO 3

Hoy es domingo. Día libre para Pizarro y Catalina Pastrana. Están en casa preparando el asado de la comida. Vienen *Sankris* y Lola, que llegó ayer mismo de Londres. También comerán con ellos Viqui Castillo y Balo, que saben que es el cumpleaños de Pizarro.

Hace un día magnífico. El sol está en todo lo alto y alrededor de la piscina Catalina ha preparado unas mesitas con pinchos y tapas junto con distintos cubos con hielo que contienen vino blanco, manzanilla y algunas cervezas. Pizarro está asando tiras de carne de entraña y picaña. Estos cortes los aprendió Pizarro en *De María*, un restaurante al que, de vez en cuando, siente la necesidad de visitar para darse un homenaje carnívoro. Va pasando un plato con carne recién asada que acompaña con un cava brut helado. Para Pizarro, salvo el milagro de la manzanilla de Sanlúcar, no hay otro vino mejor que el champagne o, en su defecto, el cava helado para el asado.

Lola está contando a Castillo todo lo referente al viaje a Londres que Pizarro le regaló por Navidad para visitar el mercado de *Camden Town*. Un laberinto de tiendas de modas y curiosidades. Un mercado alternativo como no hay en el resto del mundo, dice. Está, además, rodeado por el *Regent's* Canal que lo hace ideal. Aquí puedes encontrar todo lo que la contracultura ofrece a turistas, lugareños y hasta algunos marcianos que, estoy segura, pueblan la zona. *Punkis, cybers, góticos...* Es el imperio del *tatoo* y del *piercing*.

¿Y también funciona de noche?

De noche es la bomba. Hay clubes de todo tipo. Especialmente alternativos, siempre con música en directo y pubs de todo tipo. Está lleno de puestos de comida de cualquier lugar del mundo. No hay nada como una buena pinta de cerveza en Candem Town mientras escuchas a cualquier intérprete de jazz en directo.

Sankris está, una vez más, haciendo el ganso en la piscina. Se diría que sólo le falta sacar la pastilla de jabón y lavarse los calcetines frotando sobre la pileta. Hace aguadillas, bucea, salta a bomba... Es como un chiquillo en día de fiesta.

Este ayudante tuyo, Pizarro, está como una cabra.

Ya te digo. Sólo le falta quitar el tapón a la piscina y vaciárnosla.

Pues no le des ideas.

Tras el aperitivo los siete amigos se han sentado alrededor de la mesa. Lola ha sacado una variedad extraordinaria de salsas para barbacoa que ha traído de Londres. Todos la prueban con la carne recién sacada de las brasas. Alguna pica como un diablo.

Es que esta es mejicana, dice Lola. Está hecha con chile habanero asado, zumo de naranja agria y de naranja dulce.

Pues la naranja, dice *Sankris* deben ponerla para mosquear al *pringao* que se la meta a la boca. *Sankris* no puede con el picante y sale corriendo hacia una esquina donde un ventilador trata de refrescar la mañana. Abre la boca y se refresca el interior de ella en el aire del ventilador por ver si elimina el picante.

Sankris, payaso, le dice Lola. Ven aquí y siéntate, verás como se te pasa.

La comida está siendo un éxito, pero como ocurren en todos los ámbitos de la vida, siempre viene alguien que lo puede estropear. El teléfono del vigilante de la urbanización suena. Catalina contesta.

Sí, por favor, que suban.

Balo, debe de ser para ti. Dos de tus hombres suben desde la recepción.

Pizarro, acompañado de Balo, se dirige a la puerta. Suena el timbre y Pizarro abre la puerta. Frente a ellos dos policías de uniforme miran sorprendido a su Comisario jefe, al que solo han visto alguna vez, en las fiestas de Navidad o a través del televisor. Se cuadran y a la pregunta de Balo de qué es lo que necesitan balbucean.

Señor comisario jefe, señor... Don José Pizarro, investigador privado y don Nemesio Álvarez, alias *Sankris*, deben acompañarnos a Comisaría.

Soy yo, dice Pizarro, y Nemesio es aquel alto que está en bañador. ¿Por qué somos requeridos?

Hable, le conmina Balo.

Señor, yo solo sé lo que el comisario Jiménez Ortiz me ha ordenado. Aquí tengo mi orden. Debo llevarlos a la

Comisaría de Chamartín y, según esta orden, si se oponen deben ser detenidos por un delito de desobediencia regulado por el artículo 556 del Código Penal.

Bien, dice Balo. Vamos allá. Yo mismo los acompañaré.

Pero señor, dice el agente, debemos llevarlos detenidos y esposados.

Eso no será necesario.

El coche policial sale a gran velocidad de la urbanización y toma enseguida el desvío para la nacional VI en dirección a la M-40. De allí a Chamartín el coche policial utiliza los rotativos y las sirenas.

Agente, por favor, elimine esos destellos y quite de una puñetera vez la sirena. Nos va a volver locos. Y, por favor, conduzca con más cuidado, no queremos morir antes de declarar, dice el Comisario jefe Balo.

Al ver llegar el coche policial el agente que está en la garita de entrada sube la valla que impide el acceso a cualquier coche sin autorización para acceder a la comisaría. Bajan los tres hombres y, escoltados por los dos policías, llegan hasta el cuerpo de guardia de la comisaría. El policía que está en la entrada da una voz anunciando a los policías de la presencia del Comisario jefe.

A sus órdenes, señor, le saluda el comisario de guardia. ¿A que debemos este honor?

Eso digo yo. Se puede saber para qué han sido requeridos don José Pizarro y su acompañante.

Sí señor. Esta madrugada hemos recibido un aviso de un posible homicidio en las proximidades de unos jardines donde se celebraba una fiesta. Al parecer, y según testigos, dos hombres vigilaban el reservado donde se refugiaba la víctima y sus acompañantes. Al parecer ella se sintió vigilada e hizo notar la presencia de esas dos personas. Nos enseñaron una fotografía hecha por alguno de los acompañantes de la víctima y en ella reconocimos al excomisario José Pizarro y a otra persona que es viejo conocido en la comisaría de San Cristóbal de los Ángeles.

Bien. ¿Existe alguna denuncia contra ellos?

Esto… no señor. Fueron conminados a presentarse en la Comisaría para tomarles declaración.

¿Declaración por qué? Lo que tendrían ustedes que haber hecho es presentarse en la casa o en las oficinas del señor Pizarro y haberle tomado declaración allí. Si no existen denuncias no pueden traerlos escoltados, dentro de una unidad policial y sin una convocatoria previa. Esto no se hace así. Ahora mismo convóqueles en tiempo y forma para tomarles declaración en otro momento. Mañana lunes quiero verle en mi despacho con el correspondiente informe para analizarlo.

Si, señor Comisario jefe.

Por favor, Balo. No hace falta. Dígame, quien es el fallecido.

No es fallecido. Es fallecida. Se trata de doña Candelaria Cordero Antúnez, una influencer que era conocida como Candy Lamb.

Vaya. Es cierto que la estábamos observando, dice Pizarro. Es la esposa de Ildefonso Azuara, mi cliente. Teníamos el encargo de su marido de vigilar qué hacía y quiénes eran sus amistades. Al parecer tenía sospechas de que ella iba por libre tanto en el amor como en los negocios. Al parecer la tal Candy Lamb tenía tratos con distintas personas y un negocio bastante floreciente. Por eso estábamos allí. Ya ve, Jiménez, que el mundo es un pañuelo, pero lleno de mocos.

¿Tienen ya el informe forense, pregunta Balo?

Aún no, señor. Estamos a la espera de él.

Y sin el respaldo legal de un presunto asesinato pretendía llevarse a la comisaría a un ciudadano. ¿Conocía usted los antecedentes policiales del comisario Pizarro?

Sí señor. Es toda una leyenda en el Cuerpo.

Y a pesar de eso lo quería meter en la Comisaría un domingo, mientras está con sus familiares e invitados dejándonos a todos con la angustia de una detención.

El comisario Jiménez creyó que se había vuelto a estropear el aire acondicionado. El sudor le caía por detrás de las orejas bañando su nuca. No sabía qué responder a cada pregunta del Comisario Balo.

Pizarro y *Sankris* se despidieron de Jiménez con una cierta sonrisilla en los labios. En especial *Sankris* al que todavía le dolía el comentario de *"viejo conocido en la Comisaría de San Cristóbal de los Ángeles"*.

Al llegar a casa, Lola, Catalina y Viqui habían recogido ya las cosas de la piscina y tomaban una copa sentada en los sofás del salón. *Sankris* se sentó junto a Lola.

Pobre, le decía Lola. En Kansas se habría echado la gente a la calle por tu detención.

¿Kansas? tú sí que cansas, Lola.

CAPÍTULO 4

Pizarro ha acudido a primera hora a la Comisaría de Chamartín. El comisario Jiménez le acoge en su despacho y vuelve a pedirle perdón por la extravagante forma de citarlo ayer en la Comisaría. Pizarro le dice que está todo olvidado.

¿Ha llegado ya el informe forense?

Sí, comisario. Aquí lo tenemos

Excomisario, Jiménez. Ahora estoy en excedencia. ¿Me permites el tuteo y echarle un vistazo?

Claro que sí. Faltaría más.

Pizarro lee el informe completo. La víctima, era efectivamente Candelaria. Según el informe policial había sido hallada muerta a las 5,45 horas de la noche del sábado en el jardín anterior del lugar del evento. Al parecer había muerto al caerse desde la terraza superior cuando estaba haciéndose un *selfie*. El juez había levantado el cadáver a las 7,32 horas de la mañana y el cuerpo había sido trasladado al Anatómico Forense donde se le iba a practicar la correspondiente autopsia.

Pizarro llamó desde su teléfono a José María Romero, su antiguo compañero, ahora en la Comisaría de Leganitos.

¿Diga?

Romero, viejo. ¿Qué tal andas?

Hombre, Pizarro. No me digas que me llamas para ir a tu fiesta de ayer. Seguro que si lo haces es porque te ha sobrado un costillar.

No seas envidioso. Éramos pares pues Viqui hizo pareja con Balo.

Vaya, la *creme*. Ya decía yo que no se te había olvidado.

Vete al cuerno, Romero. Oye, necesito que me digas una cosa. ¿Quién va a hacer la autopsia de la influencer que apareció muerta ayer?

Creo que Lucas. Entraba hoy de guardia.

Gracias. Por cierto, cuando haga pollo en la barbacoa te llamo. Es que ayer la carne era de primera y como sé que no la aprecias.

Cabrón, le dijo Romero entre risas, mientras le colgaba.

****

¿Señor Azuara? José Pizarro. Le doy mis condolencias. Le quería llamar, además de para darle el pésame, para decirle que visto el resultado inesperado de la muerte de su esposa no tengo ningún inconveniente en anular nuestro acuerdo y reintegrarle el dinero adelantado.

Nada de eso, señor Pizarro. Ahora más que nunca es cuando le necesito.

¿Para qué, señor Azuara? Su esposa, según el informe policial, murió al despeñarse desde la terraza cuando quería autofotografiarse. Esto, que suena muy retorcido y desconcertante suele ser común entre personas que viven de publicar sus vidas en las redes sociales.

Mi esposa no murió así.

¿Cómo qué no?

No señor. Mi esposa fue asesinada. Ayer mismo me llamó su asesino para darme la noticia. Me dijo que, el siguiente sería yo.

¿Qué me está diciendo? Y sigue ahí, sin más ni más. No ha acudido a la Policía.

Me llamó de madrugada y, ahora mismo, lo ha hecho por segunda vez. Todavía estoy en shock. Estaba buscando su teléfono para comentárselo cuando me ha llamado usted.

No se mueva de su casa. En unos minutos llegaré. Iremos a denunciar a la Policía la amenaza recibida.

Mientras Pizarro va a buscar a Ildefonso Azuara llama por teléfono al doctor Lucas. El doctor es un viejo amigo.

¿Lucas? Aún no te has jubilado.

Yo no puedo hacerlo, Pizarro. No soy como tú. Ya me gustaría, no creas. Me imagino por lo que me llamas. La influencer, ¿verdad?

Justo.

Ya me ha contado Balo la metedura de pata de la *madera* ayer. Mira que llamarte a declarar por un asesinato cuando no se sabe si es suicidio o accidente.

Bah, cosas que pasan.

Si, Pizarro, pero no es común entre bomberos pisarse la manga. Mira que pisarte a ti la manguera, dice riendo.

Gajes del oficio. Y bien; dime. ¿Qué sabemos de la autopsia?

Pues, en principio, se ajusta a lo descrito por la policía y el juez. Parece una muerte por caída. Pero estamos todavía en la primera fase de la autopsia.

Coño, creí que ya habías acabado.

No, Pizarro. Me has pillado con las manos en la masa. En la masa encefálica, por cierto.

No seas burro, Lucas. Que hasta las influencer tienen derecho a morir dignamente.

Le dijo la sartén al cazo...

El caso es que he tenido que reanudarla. Había tomado las primeras muestras, ya sabes, tejidos de diferentes partes, para buscar la presencia de drogas, infecciones u otros problemas genéticos. Ni la sangre, ni el humor vítreo, ni la orina o la bilis muestran ninguna presencia de drogas. Apenas hay contenido material en el estómago. Eso sí, mucha presencia de agua, pero apenas nada de residuo sólido. Luego hemos extraído y pesado el hígado, el cerebro y los pulmones. Nada. No aparecía nada, pero tras una de sus orejas existe una pequeña punción reciente. Una punción que pudiera corresponderse con una aguja. Eso nos ha llevado, nuevamente, a reanudar una más detallada muestra y, ¡bingo! Ahí estaba.... fentanilo. Un opioide sintético mezclado con metanfetamina. Un cóctel mortal de necesidad.

Y, por el lugar en que ha sido administrado, se supone que ha sido contra su voluntad, no de forma propia.

Desde luego. ¿Has visto a alguien ponerse una inyección tras su propia oreja? Vamos ni a un contorsionista.

¿Estás completamente seguro, claro?

Ciento por ciento. Y mira que me disgusta, porque esto significa que tenemos ya, aquí mismo, el fentanilo de los cojones que tanto trabajo está dando en América.

Te agradezco la información, Lucas. Si tienes algo más no dudes en comunicarte conmigo. Estaba contratado para vigilar a la muchacha. No me dio tiempo ni de hablar con ella.

Un momento, Pizarro, que aquí no acaba todo. La influencer presenta la presencia de semen en su vagina.

¿Y..?

Reciente, Pizarro. La influencer tuvo relaciones sexuales esa misma noche.

¿Violación?

No. No hemos encontrado ningún parámetro que nos lleve a pensar en ello. Más bien parece sexo consentido.

****

Señor Azuara, tengo que comunicarle una mala noticia, le dice Pizarro a don Ildefonso. Efectivamente, y a falta de que se imprima y publiquen los resultados de la autopsia, le puedo informar que Candelaria fue asesinada. Al parecer alguien, seguramente de los que estaban con ella en la fiesta, le suministró una droga contra su voluntad. La pincharon tras una de sus orejas. Posteriormente, y con toda probabilidad, la colocaron sobre la terraza imitando a las influencers que se retratan haciendo el tonto en un sitio peligroso para, posteriormente, arrojar su cuerpo al vacío. Murió, eso sí, del impacto, tal y como pretendía que creyésemos, el asesino. Fue una suerte que el doctor que realizó la autopsia fuese un médico de la vieja escuela, excesivamente contario a dar por seguro aquello que nos presentan como ineluctable.

Ahora, señor Azuara, me gustaría poder entrevistarme con usted. Es imprescindible que me cuente, de principio a fin, todo lo relativo con su esposa. Como se conocieron, cuanto tiempo llevan casados, qué relación mantenía con ella, en fin, todo. Cuanto más sepa menos tendremos que indagar para llegar hasta el asesino.

La policía también le entrevistará. ¿Ha hablado ya con su abogado?

Sí señor Pizarro. Pero mi abogado es mercantilista. No es un abogado especialista en lo Penal. Me ha recomendado a un buen abogado y sí, he quedado mañana con él. Si usted quiere puede asistir a la entrevista y así no tengo que repetirme tanto.

Si usted lo prefiere lo haremos así, pero yo creo que hay aspectos de la vida en que un abogado y un policía no deben conocer las mismas cosas. Aunque, claro, yo ya no soy un policía, sino un investigador privado.

Yo prefiero que sea a la vez, señor Pizarro.

No se hable más. Mañana estaré ahí. ¿A qué hora?

A las 10,30

De acuerdo. Hasta mañana pues.

CAPÍTULO 5

Gonzalo Yagüe, el antiguo colaborador policial en asuntos informáticos es, para Pizarro, su hombre en las nuevas tecnologías. Nadie como Yagüe conoce el mundo de la informática y sus aplicaciones.

Es tan solo una moneda virtual, le dice, refiriéndose al mundo de las criptomonedas. Una representación digital de valor que no está emitida por un banco central o una autoridad.

¿Pero es dinero contante y sonante?

No está necesariamente conectada a un dinero fiduciario, esto es, un dinero que contenga la necesaria confianza de pago por venir respaldada por una autoridad. No es nada nuevo, no creas, ya se utilizó en China en el siglo XI. La diferencia, ahora, es que se trata de dinero electrónico o virtual.

Entonces, ¿el bitcoin...?

Es una moneda descentralizada, que se transfiere electrónicamente y se almacena de distinta manera a la del dinero físico, que lo hace como moneda o billete. Su precursor perdurable es el cupón.

No lo entiendo.

Ya lo imagino, Pizarro, pero estate tranquilo. No es fácil de entender para quienes no imaginamos nuestro dinero invertido en este mercado.

El dinero en criptomonedas se almacena en un monedero o cartera digital, que tiene un domicilio que habitualmente es una larga cadena de números y letras. Si alguien, como ya ha pasado, pierde esa contraseña o hay un problema en su cartera digital, es probable que descubra que no hay nadie detrás disponible para recuperar esa cartera. Pero esto no es fácil salvo que, el administrador de la cartera sea un golfo, un delincuente o un olvidadizo.

Entonces, si no lo he interpretado de forma errónea la pasta en moneda virtual está en el *aire*.

Así es. Pero ese estar en el aire también tiene sus ventajas, no solo el problema del riesgo. La moneda virtual evita el contacto del gobierno con el dinero, evita las comisiones bancarias, los impuestos, etc. Lo normal, como en todo negocio que se precie, es tener los huevos en distintas cestas. Esto es, no todo el dinero líquido ni todo en virtual.

Entiendo...

Ya sé por dónde vas, comisario. La influencer tenía la pasta de su marido de forma *sólida* y la propia en virtual. Así lo suyo no sufría la vigilancia del fisco ni de su marido y podía realizar gastos que Hacienda conocía con el dinero que supuestamente recibía de su marido. Es habitual entre gentes de dinero.

Ahora, entonces, lo primordial para saber de este dinero, dice Pizarro, es encontrar la clave alfanumérica o a la persona que gestiona esa cuenta virtual.

Efectivamente, comisario. ¿Ves como no es tan complicado?

Bueno, eso es un decir, para mí todo lo que no son cuentas, son cuentos, como decía don Emilio.

****

Señor Azuara, dígame, ¿conocía usted la existencia de una cuenta de dinero virtual de su esposa?

En absoluto. Ella no ganaba dinero con sus tonterías de Internet. Lo sé porque era yo quien sufragaba todos sus gastos. Y le aseguro que eran elevados. Si ella hubiera ganado dinero yo lo sabría y además no hubiera necesitado que todo se lo pagase yo.

Salvo, don Ildefonso, que ese dinero no fuese físico y que estuviese siendo administrado a espaldas suyas.

¿Y eso como podría ser?

Con dinero virtual. Es complicado para nosotros, que somos hijos del patrón moneda, o si invertimos algo lo hacemos con otro patrón (petróleo, dólar, trigo, etc.) pero para esta generación de jóvenes existe otro mundo que nos es absolutamente desconocido.

¿Quiere usted decir que la diferencia de edad con mi esposa ha jugado en mi contra? ¿Que ella llevaba una doble vida de la que yo desconocía en absoluto?

Mucho me temo que así es.

¿Conocía usted a las amistades de su esposa?

No. Mi esposa se pasaba el día sentado frente a su ordenador. Grababa consejos para sus seguidores y sí; es cierto que recibía regalos de patrocinadores, pero era eso tan solo. Jamás dinero.

Su esposa, don Ildefonso, tenía una más que abundante cantidad de dinero en lo que llaman piscinas de liquidez en criptomonedas.

¿Cómo? ¿Qué es eso de piscina de liquidez?

Es un fondo de liquidez, una colección de criptomonedas o activos digitales para facilitar transacciones. Las personas que colocan sus fondos en estas piscinas obtienen recompensas por sus depósitos. Actúan como las bolsas de valores tradicionales, pero sin reguladores. Se llama Mercado de Predicción y en él, los inversores proporcionan fondos y reciben, a cambio, un porcentaje por cada una de las operaciones proporcional a su propiedad del fondo de liquidez. ¿Me sigue?

Sí, aunque no sé a dónde quiere llegar. Candelaria no manejaba nada de dinero. De haberlo hecho lo hubiera sabido al momento.

Siempre, don Ildefonso, y perdone por la insistencia, que no hubiese sido dinero virtual. Al no existir físicamente usted no podría saberlo. Si usted no lo conocía debía de ser porque ella tenía un asesor especializado en este tipo de finanzas, así su esposa se aseguraba unos beneficios y un silencio absoluto frente a usted.

¡Pero Candelaria no tenía ni idea del valor del dinero!

Mucho me temo que del valor del suyo propio sí que lo tenía. Del que no parecía tenerlo, a tenor de lo que me ha manifestado, es del suyo de usted, que lo gastaba a manos llenas. El negocio, por así decirlo, señor Azuara, era que ella gastaba lo de usted y ahorraba lo suyo. Así solo debía de preocuparse de que sus inversiones no sufrieran lo que el dinero virtual más teme: la pérdida impermanente, pero eso, con un buen administrador, que cobra su buen dinero, se evita perfectamente.

¿Entonces usted cree que Candelaria tenía algo de dinero ahorrado en esas divisas de las que usted habla?

Sí. Más que algo de dinero, señor Azuara. Una gran cantidad de él. Dinero que, por supuesto, podría usted recuperar si conoce la clave de su monedero o cartera virtual ya que es a usted, salvo que la testamentaria de Candelaria diga algo en contrario, a quien le correspondería su herencia.

Me ha dejado helado. ¿Y de dónde saco yo esa relación de números y letras?

¿No tiene usted la clave del ordenador de su esposa?

No. Jamás me preocupé por ello.

Pues debería buscar un buen experto en informática. Pero que sea alguien leal, de lo contrario, podría extender la orden de venta a sí mismo como beneficiario. La cantidad a la que yo he llegado podría superar los doscientos millones de euros tan solo siguiendo el dinero recibido de las empresas que la beneficiaban por su esponsorización.

También debería contactar con su abogado para que pida un certificado de últimas voluntades y una consulta con el Registro de Contratos de Seguros de cobertura por fallecimiento del Ministerio de Justicia. Si existe ese seguro, y la póliza está activa. Pudiera ser que exista y es preciso saber quién es el beneficiario. La Policía, téngalo por seguro, que para algo he sido comisario, estará en ello. El beneficiario se convertiría -de existir un beneficiario- en sospechoso tan solo por beneficiarse de su muerte. Luego, naturalmente, habría que saber si el sospechoso es el asesino. Pero esa ya es música de otro concierto.

Oiga, señor Pizarro, me está usted metiendo el miedo en el cuerpo. Yo le aseguro que ni sabía eso que usted me dice, ni si soy o no beneficiario de un seguro de vida que ni he pagado, ni sé si mi esposa lo ha hecho a espalda mía. Tendría gracia que ahora, sin comerlo ni beberlo y después de sufrir el asesinato de mi esposa, me detuvieran a mí como a un criminal cualquiera.

No se ponga en lo peor, señor Azuara. Le aseguro que, para la detención de una persona, se precisan múltiples acontecimientos que no se dan en este momento y en su persona. Si usted no es o ha sido su administrador tenemos que encontrar a quien lo haya sido. Y lo tenemos que encontrar antes de que se pueda evaporar el dinero. Sólo siguiendo la pista del dinero podríamos descubrir a quien lo maneja.

Ahora le voy a hacer una pregunta muy personal. ¿Mantuvo usted relaciones sexuales con Candelaria el día de su asesinato?

Rotundamente, no. Nuestras relaciones sexuales no existían, señor Pizarro. Sé que resultará difícil de comprender, pero nuestra unión, con no ser una unión por interés, tampoco lo era por amor. Pero ¿Por qué esa pregunta?

La noche en que asesinaron a Candelaria había hecho el amor. Seguramente en aquel mismo reservado y esa misma noche. Pero no parece afectarle mucho ni tan siquiera extrañarle.

Ya le digo que nuestra unión no era por amor, ni por nada que tenga que ver con el sexo. La nuestra era una unión de acogida. Ella era, para mí, como una sobrina.

Era la hija de un buen amigo que murió de forma bastante cruel y extraña.

CAPÍTULO 6

Buenos días, señor director General.

Muy buenos, excomisario Pizarro. ¿Es así como te haces llamar ahora, no es cierto?

Cierto, señor Jato, aunque también me dicen investigador privado, sin apellidos.

En fin, si es así es porque tú quieres. Ya sabes que estas puertas siempre estarán abiertas para ti.

No creo que me hayas hecho llamar para ofrecerme de nuevo la reincorporación así pues vayamos al grano. Seguro que tienes muchas más cosas que hacer que no charlar con este expolicía.

Es cierto, Pizarro. Verás, sabemos de buenas fuentes que estabas junto con tu amigo *Sankris* en la fiesta en que apareció muerta la influencer Lamb, Candy Lamb.

Así es. Estábamos por motivos profesionales. Hemos sido contratados por el ahora viudo, Ildefonso Azuara.

¿Tenía algún motivo Azuara para sospechar de alguna infidelidad de su esposa?

¿No la tenemos todos en algún momento de la vida?

¿Te refieres a los celos?

No necesariamente. Los celos solo los sufre quien ama. Y el señor Azuara, según nos ha manifestado, no los sufría.

O sea, que no la amaba.

Eso queda en su ámbito privado. Ni nos consta, ni nos importa.

Veamos, Pizarro. Estamos sometidos a una vigilancia especial. Desde las redes estas personas son estrellas. Algo especial. Ni a ti, ni a mí, se nos ocurriría nunca ser *seguidor* de alguien. Ya tenemos un rigor, el que da los años y la serenidad como para ser *groupie* de alguien de apenas veinte años, pero los críos se vuelven locos con ellas. Estos críos escriben cualquier cosa en las redes y, si no le entregamos pronto a un culpable nos van a freír a críticas desaforadas en las redes. El descrédito, de no encontrar un culpable pronto, será tremendo.

¿De no encontrar un culpable o de no encontrar "al" culpable?

No tomes el rábano por las hojas. Tú mejor que nadie sabes que nunca, jamás, se me ocurriría cerrar en falso un caso. Es una forma de hablar.

Lo entiendo, Jato. No te preocupes. Pero no sé, a ciencia cierta, qué es lo que quieres de mí.

Colaboración, Pizarro. Esa misma colaboración que hemos encontrado en otros casos.

Siempre la tendrás, Jato. Y bien que lo sabes. A través de Balo, de Viqui y del resto del equipo. Ahora bien, sumisión a tu ministro, no. Nunca.

Ya lo sé, Pizarro. Y no creas que no me llevan los demonios por ello. En el fondo no es como lo pinta la oposición. El hombre lleva una presión encima que le hace ser áspero en el trato y poco dado a las alharacas en cuanto a valorar el esfuerzo ajeno. Pero en el fondo es buena gente.

Si necesitas comprar un lazo bien grande, rojo e impresionante, yo te lo compro, le haces la lazada y te lo regalo para siempre.

Vale, vale… Entonces, ¿podemos contar con tu colaboración?

Siempre, jefe. Ya lo sabes. La única línea roja intraspasable es todo aquello que sea preciso para mantener el secreto profesional con quien me ha contratado.

Dalo por hecho.

¿Y puedo yo contar con vuestra colaboración?

Naturalmente. Aunque sin aparecer por la Comisaría. No quiero que aparezca el ministro y te vea. No por él, que se alegraría, sino por ti y en evitación de alguna úlcera de estómago.

Está bien, Jato. Pues vamos allá con esa colaboración. Cuéntame qué sabemos de la influencer.

Creo que sabes tú más de ella que nosotros. Es hija de un antiguo socio de su marido. El padre de Candelaria murió en extrañas circunstancias. No se pudo aclarar su muerte.

¿Cómo se produjo?

Le encontraron dentro de una betonera de hacer cemento. Asfixiado. La cabeza dentro, las piernas colgando de la boca de la betonera. La autopsia no pudo determinar que había sido asesinado. No presentaba golpes, ni nada que diese a entender que había sido asfixiado por otra persona. Se cerró de una forma bastante extraña. Hoy, desde luego, jamás se hubiera cerrado el caso como suicidio. Nadie se suicida metiendo la cabeza en una betonera de cemento.

¿Y la madre?

La madre se suicidó dos días después. Se tiró desde la ventana de su casa.

¿Dejando una niña sin padres?

Así es. Bastante extraño. No cabe en cabeza humana que una madre se suicide dejando una hija al albur del tiempo.

Su socio, Ildefonso Azuara, se hizo cargo de ella. No como padre, porque no la adoptó, sino como la persona más próxima a los difuntos.

La niña siguió yendo al mismo colegio, mantuvo sus amigos y mejoró ostensiblemente en su estatus. Ten en cuenta que la empresa ya empezaba a ser una de las más afamadas constructoras de España. Ni Florentino pudo hacerse con ella.

¿A nombre de quien estaba la empresa antes de la muerte del padre de Candelaria?

A nombre de los dos, por supuesto. Luego, la parte del difunto pasó a su hija.

Luego Candelaria era propietaria de la mitad de la empresa.

De esta sí, luego, de la inmobiliaria no. Esa empresa se creó tras la muerte del padre de Candelaria.

¿Y la constructora?

Poco a poco se fue abandonando. La construcción, al parecer, ya no era negocio. Ahora el negocio tiene más que ver con los habituales cambios de planes parciales en distintos ayuntamientos. Azuara se ha convertido en un conseguidor en distintos municipios de Madrid y del resto de España. Compra terrenos rústicos y redacta una figura de planeamiento que, tras su aprobación, se convierte en un proyecto urbanizable. Ahí da el pelotazo pues los terrenos, en rústico, no valen nada, pero, tras el cambio en el Plan Parcial, se multiplican.

Y en esa empresa, dices, no tiene nada que ver Candelaria.

Efectivamente.

¿Y el valor de la anterior empresa, la constructora?

Se diluyó.

Muy oportuno. Sobre todo, para Azuara.

Desde luego.

¿Tú crees que Candelaria sospechaba que Azuara dejó morir su empresa para crear otra en exclusiva?

No lo sé, Jato. De verdad que para mí es un misterio. Yo creo que Candelaria y Azuara conformaban un matrimonio extraño. No un matrimonio de conveniencia. De hecho, si a alguien le convenía, o al menos hasta dejar morir la constructora, era a Azuara. Pero ella, por el contrario, disfrutaba de todo el dinero que quería. Ildefonso Azuara, me consta, nunca le privó de un capricho o le impidió vivir en un mundo distinto del suyo.

****

Sankris continúa entrenando en el gimnasio pese a no figurar como socio. Ahora le ha pedido a Germán Carazo que se ocupe, personalmente, de entrenarlo. Le ha preparado una tabla concreta para ganar musculatura. *Sankris* se enrolla perfectamente con Germán y ya le ha cambiado algo de polvo blanco que le facilita el *Ninchi* por algunos esteroides anabólicos sintéticos plenos de testosterona, la principal hormona sexual en los varones. Es acojonante, jefe, le dice a Pizarro. Los estrógenos, según dice el Germán, produce ginecomastia.

¿Y?

Pues que te pone las tetas como las de Sabrina. Esto es *dabuten* para los *travelos*, que pagan una *guita* por *enchufárselo*. Además, producen atrofia testicular y, lo que es mejor, no son considerados sustancias estupefacientes con lo que, recetados desde el gimnasio, benefician un montón la cuenta de resultados.

Vaya, *Sankris*, ahora te ha dado por la economía.

No es eso. Lo digo porque el Germán se está forrando con la venta y el pase torero de anabolizantes entre la gente que va al gimnasio. Pero no es una venta reglada, como Dios manda. No. Lo venden al menudeo. Tendrías que ver la cantidad de peña que se pasa por allí así, a tontas y a locas.

CAPÍTULO 7

Los abogados de Ildefonso Azuara le han facilitado un informe sobre el estado de cuentas de Candelaria. Efectivamente, posee una gran cantidad de dinero en moneda virtual. Además, poseía un seguro de vida en el que el tomador era la propia Candelaria, pero el beneficiario era Higinio Verdura Soto.

¿Quién es el tal Verdura?, le preguntó el abogado a Ildefonso Azuara.

Lo desconozco. No teníamos en nuestro círculo de amistad a ninguna persona con ese nombre.

¿Usted, señor Pizarro, ha conseguido identificar a este sujeto?

Sí, don Ildefonso. El tal Verdura era una especie de representante de Candy Lamb, que era el apodo, o *nik*, de su esposa en las redes sociales.

¿Qué es un *nick*?

Es la abreviatura del alias, o *nickname*, en inglés. Su esposa, Candelaria, tenía un *nick* que representaba la abreviatura de Candelaria y Lamb que, en inglés, es cordero, como su apellido.

Mira, dice Ildefonso, para algo le sirvió tomar aquel curso tan caro de inglés.

¿Y este individuo ganaba dinero con la representación de Candelaria?

Más de lo que usted o yo podamos imaginar. Tenga en cuenta que era, no solo quien la representaba, sino que era quien administraba sus cuentas, gestionaba su imagen y acordaba y firmaba la representación con las marcas con las que ella influenciaba. Además, y por lo que ha podido informar *Sankris*, mi ayudante, es uno de los más habituales en el gimnasio en el que su esposa ponía en marcha su cuerpo.

Entonces, dijo don Ildefonso, ya tenemos un sospechoso, ¿no?

Pues no, señor Azuara. La representación es una práctica habitual y que no lleva a convertir a quien la practica en sospechoso, dijo el abogado. Tampoco que sea compañero de gimnasio le convierte en culpable.

Salvo que el investigador diga algo en contrario.

No, al menos por ahora. Pero no podemos descartar a nadie.

Yo necesito saber, inmediatamente, quien ha sido el criminal, dice Azuara.

Esto no funciona así, señor Azuara. Su abogado se lo explicará mejor que yo, acelerar en las consideraciones podría ser incluso perjudicial para la consecución de pruebas suficientes. No se puede acusar a nadie sin prueba y, de tenerlas, no podemos dar zancadas que le permitan a quien mató a Candelaria, esconderlas o negarlas. Hay que ser muy cuidadoso en ello.

****

Pizarro ha visitado a la psicóloga que atendía a Candelaria desde hacía tiempo. Ella, como es natural, se ha negado a comentar nada que tenga que ver con su clienta ni por activa, ni por pasiva. Sí que le ha puesto al día sobre la verdad de la influencia en Internet. Sus ventajas y sus inconvenientes.

Las redes sociales, dice la doctora Olalla, se han convertido en una parte crucial en la cultura de los jóvenes. No solo para quienes buscan tendencias o acontecimientos, sino para comunicarse con amigos o desconocidos. Esto facilita el intercambio de ideas y culturas, es cierto, y de ahí su avance, pero, desgraciadamente, también tiene su parte negativa.

No todo en las redes es acceso a información o el uso como altavoz de las mismas para crear o interesarse por eventos y tendencias, sino que, en la mayoría de las veces, se reciben críticas, insultos, o lo que es peor, amenazas y escrutinios continuos que alteran la razón del influencer. Esa presión, esas críticas y los obstáculos que acarrean la fama y el lujo tienen, sin duda, un gran impacto en la salud mental de cualquier persona. Y Candelaria, como puede usted imaginar, no era una excepción.

La infuencia lleva aparejado mucho sacrificio, el peor de todos ellos es la pérdida de la privacidad que expone y hace vulnerable a quien la padece. Influir en los jóvenes obliga a estar, continuamente, a su altura. Es un camino difícil y potencialmente solitario. Candelaria estuvo dispuesta a coger ese camino y, como todos, acabó sufriendo la soledad y el horror de la crítica diaria.

¿Puedo preguntar por qué esa soledad?

Puede preguntarlo, pero no podría responderle. Como ya le advertí al comienzo de nuestra charla, no puedo verbalizarlo por estar acogida al secreto médico.

Lo comprendo, doctora. Lo mismo me sucede a mí con las investigaciones que realizo. Yo le estoy muy agradecido por su atención y le pido, eso sí, que si usted, en algún momento, puede recordar algo que el secreto de su profesión se lo permita, me lo comente. Aquí tiene mi tarjeta. Le agradezco mucho su tiempo.

✳✳✳✳

Buenas tardes, jefe.

Buenas tardes, Requena. ¿Qué tenemos de nuevo?

Poco, en realidad. Pero es cierto lo que nos dijo el *Sankris*. El tal Germán Carazo no es trigo limpio. No solo por lo de los anabolizantes, sino por otros asuntos. Al parecer es un perfecto *gigoló* con sus alumnas. Pero, claro, esto debe venir incluido en el sueldo, porque no hay ninguna denuncia de sus alumnas, muy al contrario, hay quejas porque el físico no le da para tanto *rocanrol*. Lo que sí chirría es el asunto de las drogas. Al parecer le ha propuesto al *Sankris* una colaboración más activa y diaria. Pero no como intercambio, como hacían hasta ahora. Al parecer el *personal training* se está convirtiendo en conseguidor de placeres etéreos.

Sigue con esa investigación Requena. Me parece que por aquí vamos a llegar al nudo de la madeja.

Dile al *Sankris*, no obstante, que le diga al *Ninchi* que no haga ostentación. El muy capullo va por el barrio como si fuera Santa Teresa, levitando.

Ya sabes cómo son estos tipos. Donde no hay mata, no hay patata.

Ya, pero al menos que se tapen un poco, que luego la peña, por el barrio, cree que nosotros nos chupamos el dedo.

No te preocupes. Ya me pongo yo a ello. Por cierto, dile a Yagüe que voy a ir a visitarlo. Me tiene que explicar algo de esto de las nuevas tecnologías.

Yo se lo digo. Hasta luego, jefe.

Adiós, Requena. Y gracias.

CAPÍTULO 8

Mire, Pizarro, le confieso que, hasta ahora, nunca me acerqué a las redes sociales. ¿Para qué?, me preguntaba siempre. Ahora, desde que asesinaron a Candelaria, me he obsesionado con su afán por mostrarse públicamente. ¿Qué necesidad tendría?

¿Se ha preguntado, en algún momento, si se sentía sola? No. Es cierto que no tenía excesivo tacto con ella. Nunca le hacía partícipe de mis filias ni de mis fobias. Ella era feliz con su *hobby* y yo creí que permitiéndolo y alentándolo le hacía feliz. Nunca imaginé que esa felicidad fuese, en el fondo, motivo de su dolor. Y es que Candelaria pasaba demasiado tiempo pensando si había sido ofendida por lo que leía y perdía un tiempo y unas energías preciosas que bien habría podido usar en pensar si lo que leía era cierto y sí, en realidad, no lo financiaba ella con su actividad.

¿Quiere un té, señor Pizarro?

No, muchas gracias. Nunca tomo té.

¿Un café entonces?

Mejor. El té es muy mentiroso. Cuando me acerco la taza y miro su color creo ver whisky. Una vez que lo meto en la boca viene la cruda realidad. Por eso odio el té.

Ildefonso Azuara rió la ocurrencia de Pizarro. No crea, otro tanto me pasa a mí con algunos pescados. Mi pescado favorito es el besugo a la brasa. Cuando huelo el aroma de las brasas siempre que voy a los restaurantes que utilizan carbón pido besugo. Al final, si no lo hay ya no puedo elegir ningún otro pescado, aunque huela bien o el pescado alternativo sea, como es el caso del chicharro o el propio rape o el rodaballo, tan sabroso como el besugo.

Lo entiendo perfectamente, don Ildefonso. Pero para eso está *Filandón,* donde siempre encontrará el besugo grande, salvaje y perfecto para ser asado.

Vaya, veo que es usted un *gourmand*.

No crea, yo soy más *gourmet* que *gourmand*. A mi me gusta más el refinamiento y la experiencia culinaria que las grandes cantidades de comida.

Le propongo una cosa, señor Pizarro. Usted busca al culpable del asesinato de Candelaria y yo le invito a usted a una buena cena, o comida, como prefiera, en el Filandón.

Bueno, eso es un plus para hacer mi trabajo. Aunque, en realidad, ya me paga usted por eso.

Digamos que es una prima para acelerar la investigación.

¿Puedo hacerle una pregunta un tanto complicada?

Puede. Las preguntas, algunas veces, no hacen daño. Lo hacen las respuestas. Quizá, si la pregunta que usted me va a hacer es sobre Candelaria, la respuesta no podrá ser tan explícita como usted espera.

¿Amaba usted, realmente, a Candelaria?

Lo ve… Esa es una buena pregunta. Ahora, si usted me lo permite, tengo que atender algunos asuntos de vital importancia para mi negocio.

Ildefonso Azuara abandonó el salón por una pequeña puerta que, disimulada entre una enorme librería, daba acceso a su despacho.

****

Tengo algo sobre Gustavo Cenceño, Pizarro. Pásate esta tarde y te lo cuento.

De acuerdo, Balo, pero ya sabes que no me gusta ir a la Comisaría. ¿Dónde nos vemos?

¿Te parece bien en el *Cardeño*, en Las Tablas?

¿Dónde Gonzalo?

Justo.

A eso de las tres me tienes ahí. Y gracias, Balo.

No hay de qué, hombre. *Quid pro quo.*

¡Ay, madre!, qué miedo me da esto del algo a cambio de algo.

****

Sentados frente a dos cafés Balo y Pizarro charlan de lo divino y lo humano. Ambos coincidieron, el jefe como profesor y Pizarro como su alumno más aventajado, en la Academia de Ávila. Allí surgió una fuerte amistad que se sigue manteniendo sin ningún tipo de resquebrajamiento.

¿Cómo está Catalina?

Bien, la verdad. Está muy activa en la Fiscalía. Con esto del Koldo y Aldama y todo lo que conlleva está más que entretenida.

Y de lo demás, Pizarro ¿Cómo lo lleváis?

Muy bien. Ahora prácticamente vivimos juntos. Quitando algún que otro día en que ella tiene mucha faena y se queda en el estudio, el resto del tiempo lo pasamos en casa juntos. Nunca pensé que compartir tu vida con otra persona sería tan gratificante.

La soledad, querido Pizarro, está sobrevalorada.

La buscada no, Balo. Yo antes era muy feliz solo; sin ningún tipo de ataduras. Ya lo decía el refrán, el buey solo, bien se lame.

Sí, pero en esas cuestiones es mejor una lengua ajena.

No seas bestia, jefe. Que no van por ahí los tiros.

Ya lo sé, bobo. Mira que siempre fuiste de los que enseguida saltan. No te das cuenta que, desde que andas enamoriscado estás más susceptible.

No será cierto.

Pues no lo será.

Yo creo, jefe, que ya hemos andado todos los vericuetos del camino de la buena educación. ¿Por qué no vamos directos a lo que nos ha traído aquí?

Hombre, yo he venido a comer, cosa que me ha extrañado que no me propusieras. Hoy había carrilleras y *la vitoriana* las hace de ensueño. Verás como se entere Gonzalo que llamas la vitoriana a su mujer la que te lía. Bah, estos del Atleti son muy de conformar. Como nunca ganan...

En fin, a lo que íbamos. Tenemos algo referente al tal Tuby. O a Gustavo Cenceño, como prefieras.

Tú dirás.

Como podías imaginar está forrado. Pero no siempre fue así. El tal Cenceño ha provocado ya el cierre de varios negocios en los que, siempre, ha salido beneficiado. Todos ellos en el mundo del *marketing* digital. Con la matraca de la innovación y la eficiencia, el control y el crecimiento de la empresa y el equipo cohesionado ha provocado más de una sonora estafa.

¿Por ejemplo...?

Branding. Una empresa dedicada a la gestión de marcas, el posicionamiento y los valores de marca. Era una empresa de un par de críos. Gente muy despierta y capaz pero que, todo lo que tenían de brillantez en la informática lo tenían de incapaces en la economía. Cenceño fue despojando de activos a la empresa y, cuando quisieron darse cuenta, tenían la empresa embargada y con unas deudas del copinete. Entonces les hacía una oferta a la superbaja diciéndoles que era la única forma de salvarse del pago de las deudas. Lo vendía como un traspaso a otros inversores que lo único que buscaban era los activos de marca y no tanto el beneficio económico. Era mentira, claro, lo que buscaba era rebajar el precio de la empresa que, una vez reflotada, traspasaba por un pastizal.

¿Y lo repetía habitualmente?

Claro. Había hecho de la necesidad virtud y se convirtió, de buenas a primeras, en un conseguidor para aquellas empresas que presentaban deudas. Él se las quedaba con una quita importantísima y luego traspasaba la empresa a otra sociedad "*puente*" para, una vez limpia de deudas, traspasarla, ahora sí, a su nombre.

Además de ello, sigue Balo, se ha hecho fuerte en una actividad difícil de seguir: el fraude de inversión. Se llama así al robo de fondos de inversores a través de esquemas *Ponzi*, es decir, inversiones falsas o información financiera engañosa.

Y qué coño es un esquema ¿*Ponzi*?

Es una forma de estafa piramidal que atrae a los inversores y paga utilidades a los inversores anteriores con fondos de inversores más recientes. El esquema *Ponzi* mantiene la ilusión de un negocio sustentable siempre que los nuevos inversores contribuyan con nuevos fondos y siempre que la mayoría de los inversores no exijan el reembolso total y sigan creyendo en sus activos inexistentes.

Vaya, como aquello de los sellos.

Sobre poco más o menos.

¿Y nunca le habéis trincado?

Es como una culebra. Se esconde y siempre sale huyendo sin que se le pueda demostrar su participación directa. Él siempre aparece como el primer damnificado, pero te aseguro que, si hay un esquema *Ponzi*, detrás está Cenceño.

¿Y sus cuentas?

No tiene ni un euro a su nombre. Ahí radica el quid de la cuestión. Ahora, posiblemente por la presión a la que le sometemos, ha elegido otro campo de actuación. Al hacerse llamar Tuby no lo teníamos relacionado y ha sido, gracias a tu información, como hemos podido comprobar y asegurarnos que el tal Tuby es el mismo Cenceño de los esquemas *Ponzi*.

Vaya, vaya… Y a Candelaria, que tenía detrás de su pequeña web de influencia la pasta inmensa de su marido, se la cameló sin ningún tipo de pudor.

Ten por cuenta que, lo primero que te da, es un resultado del carajo de la vela. Te coge una empresa con unos ingresos de dos y, a los diez días, tienes unos ingresos de doscientos. Eso lo hace como Dios, pero luego viene el tío Paco con las rebajas. Ahora bien, que si, como parece el caso, Candelaria tenía pasta como para aburrir, Cenceño estaría dándole largas a base de pequeños beneficios y a la espera del golpe definitivo.

Y el golpe, además, por distintos sitios, dice Pizarro. ¿Sabes que tenía un seguro de vida valorado en más de tres millones de euros?

No. Pero lo que sí sé es quien es el beneficiario. No me digas más.

Efectivamente, Gustavo Cenceño. Alias Tuby.

Pidieron unos vinos a Gonzalo que les trajo acompañado de una variedad de tapas: aceitunas del gordal, perfectamente aliñadas, unos deliciosos canapés de embutido ibérico y otros de lo que, en algunos bares, llaman matrimonio: anchoa con boquerón en vinagre. El vino, como siempre, Sierra Cantabria, ¿verdad, Gonzalo?

Como no podía ser de otra forma señor Pizarro.

CAPÍTULO 9

Dime, Pizarro. ¿Quiénes estaban, aquella noche, en el reservado de la fiesta donde mataron a Candy Lamb?

Está Tuby, su *personal manager*; estaba también Germán Carazo, el *coach* del gimnasio; estaban dos o tres influencers más, todas ellas féminas y estaban un par de tipos que no conocí y a los que tengo retratados con el móvil a la espera de identificarlos. Uno de ellos podría ser otra de esas perlas de la noche, pero hay uno, del que no tengo una imagen nítida, y al que le tengo echado el ojo, que tiene pinta de estar al tanto de todo y por arriba, nada de por abajo.

¿Y a qué esperas para identificarlos?

Verás, Balo. Como bien sabes, ya te lo he dicho en otras ocasiones, hay dos maneras de perseguir un delito: buscando quien se beneficia de él y siguiendo el dinero. En mi caso estoy en ambos y, la presencia de estos individuos es, por ahora, prescindible.

Pero para eso está tu amigo Balo. Dame la captura del teléfono y pongo a Requena y a Sobreviela sobre su paradero. Estos los localizan antes de que se persigne un cura loco. Ya los conoces.

Sí. Va a ser lo mejor. Te la paso por WhatsApp.

****

Estos dos tíos, jefe, son las machacas de los musculitos. Trabajan en el gimnasio. Los conoce perfectamente el *Sankris*.

Ya lo sé, Requena. Pero quiero sus nombres y todo lo que podáis saber de ellos. Desde la iglesia donde hicieron la comunión hasta qué marca de tabaco fuman.

Bueno, estos no es tabaco precisamente lo que fuman.

44

Pues entonces hasta el último dato que me podáis conseguir. ¿Estamos?

Estamos, jefe. Nos ponemos a ello. Pero ese otro, al que no se le ve la *jeta* no tengo ni puta de quien pueda ser.

Tranquilo, Sobreviela, de eso me ocupo yo en persona, dice Balo.

****

¿Sankris?

Dime, jefe.

¿Se puede saber con cuántas barajas estás jugando?

¿Qué...? No te entiendo.

Sí que me entiendes ¿Por qué me he tenido que enterar que los *mendas* que estaban en el reservado de Candelaria son los machacas del gimnasio.

Ahiva la hostia, jefe. Si ya lo sabías.

¿Yo?

No me dijiste tú que me pegase a ellos como una lapa.

Yo creo, *Sankris* que eso que fumas te está reblandeciendo el cerebro. ¿Desde cuándo te he dicho yo eso? Lo habrás soñado

Pues te juro jefe, que si me preguntan hubiera dado uno de los dos brazos manteniendo que me lo dijiste tú.

Vale, pero dime. ¿De qué van esos?

Esos son unos *macarras* jefe. Unos *pringaos* que no tienen media hostia. Lo que pasa es que como están *mazaos* meten miedo y de eso vive el Germán. Están de guardaespaldas de él. Ten en cuenta que, en cualquier momento se le puede poner respondón algún aspirante a Bosé en *Tacones lejanos*. Y estos, entre los bíceps y la calva acojonan a los *trans*. Pero ahí se queda todo. Son unos mierdecillas sin importancia.

Pero que estaban con Candelaria durante la fiesta.

Sí, eso es cierto. Ya les vimos. ¿No te acuerdas?

45

Claro que me acuerdo, *Sankris*.

CAPITULO 10

Requena y Sobreviela, los dos patrulleros que formaban en el equipo de Pizarro cuando era comisario, están saturados de trabajo. El jefe Balo ha recibido órdenes del ministerio, a través del Jefe Superior, Jato, para encontrar lo antes posible el hilo de donde tirar para encontrar al asesino de la influencer.

En Internet, no sé cómo cojones se enteran de todo, dice el comisario Jiménez Ortiz. Pero antes de que salgan de aquí las noticias os sello la boca a todos, les dice a sus hombres.

Jefe, no es justo, le dice Viqui Castillo, la subcomisaria.

No es justo porque de nuestra comisaría no ha salido, jamás, información alguna en todos los años de nuestra vida. No íbamos a empezar ahora. Esta gente tiene sus contactos aquí y en todas partes, pero no tiene por qué haber salido de la comisaría ningún tipo de soplo.

Os quiero en la puta calle a todos y no volváis si no es con algo que nos pueda aclarar quién se cargó a la influencer. ¡Arreando!

Requena y Sobreviela son los primeros en salir. A fin de cuentas, ese es su trabajo.

Igual es padre que madre, ¿verdad, Sobreviela?

Lo dices por el comisario, ¿a que sí?

Claro. Menuda diferencia entre un comisario y el otro.

Viqui les ha pedido que extremen su vigilancia en los alrededores del gimnasio. Según les contó Pizarro en ese gimnasio se producen demasiadas cosas que no tienen que ver con el mantenimiento físico.

Requena y Sobreviela están apostados frente al gimnasio en un coche camuflado. Ambos observan las puertas de acceso. Previamente han comprobado que no existe salida de incendios o emergencia trasera. Luego, piensan, si tienen que salir han de hacerlo por aquí.

Van pasando las horas y son bastantes las jóvenes que acceden al gimnasio.

Vaya género, dice Requena viendo pasar a cada una de las clientas más jóvenes y hermosas.

Bah, dice Sobreviela. A esas si les quitas la lycra y les pones unos pantalones normales, nada de esas mallas prietas, son de lo más normales. Lo que pasa es que con esas ropas tan ajustadas exageran más sus curvas.

Estaban en estas disquisiciones tan poco románticas cuando, bajo la ventanilla del copiloto, una mano sube lentamente hacia Sobreviela. Ni este, ni Requena se han dado cuenta del peligro que les acecha. La mano sigue su ascenso y ya está a la altura del cuello. De golpe, un grito desaforado y la mano que hace presa en el cuello del policía.

Argggg, grita el hombre que se aferra al cuello del policía. Este, del susto, casi sufre un infarto. Requena, al escuchar el grito de su compañero ha derramado sobre su bragueta el café ardiendo.

¡Hostia puta!, grita mientras se sacude, sin tiento, sus partes más sensibles. Del golpetazo que da para eliminar el café se ha dañado, sin querer, esas partes. Sale del coche mientras Sobreviela sigue intentando recuperar el resuello.

Sankris se parte el pecho de la risa.

¡Vaya susto, maderos!, les dice mientra ríe y se golpea el muslo de satisfacción.

Requena recupera la verticalidad y el resuello a una misma vez y se interesa por Sobreviela, que sigue impávido y blanco como la nieve, sentado en el asiento del copiloto.

Sankris, gilipollas ¿qué haces? Casi nos da un infarto.

¿Es esa forma de vigilar el gimnasio?, dice el *Sankris*.

¿Y tú que haces aquí?

Pues hacerme unas tablas. Estoy en el gimnasio investigando. No aquí, metido en el *buga* y comiendo *donuts*, como en las pelis. *Asín* que coño vais a encontrar.

Oye *Sankris*, ya que estás allí podrías largarnos algo. El comisario se ha puesto borde y tenemos que llevarle algo; lo que sea, de lo contrario nos vemos aquí, metidos en el coche hasta Nochebuena.

Y con *la* calor que hace, ¿verdad?

Eso.

Pero no le digáis nada a mi jefe, ¿vale?

Vale. Pero dinos algo.

Veréis aquí se cuece algo raro. El mazas, ya sabéis, el Germán, el *baranda* de la cosa, parece que se tira a todo lo que se menea. El otro día, según me ha dicho uno de los calvos, estaba en el vestuario con dos a la vez.

Pero *Sankris*, tío, que a nosotros eso no nos importa. Lo que queremos saber es qué se cuece dentro.

Uy, de eso yo no sé *ná de ná*. Yo aquí, lo único que hago es hacer pesas y echarle un ojo al culo a las *guapis* cuando hacen flexiones.

Y una mierda, dice Requena. Tú eres un cabrón como la copa de un pino. Que te las sabes todas, *Sankris*. A ver si te crees que nos chupamos el dedo. Así que ya sabes, o nos informas de lo que pasa dentro o, cuando salgas, te vamos a buscar las vueltas en tu barrio.

Espera que llame a mi jefe y le digo qué es lo que os tengo que contar. Dice mientras saca su teléfono móvil.

No, dice Sobreviela. Espera. No le digas nada al comisario. Esto es algo entre nosotros.

¿Amenazarme es algo entre nosotros?

Venga, *Sankris*, no tengas la piel tan fina. Eso no ha sido una amenaza, sino una forma de pedirte que colabores con la policía.

Si ya lo hago. Pizarro está en *excelencia* y sigue siendo *madero*, por lo tanto ya colaboro con la policía. Ahora bien, si queréis que colabore más, le llamo y se lo digo. Esperad…

No, no. Déjalo *Sankris*, de verdad, que no hace falta.

Bueno, pues agur, Ben-Hur, que me voy a mirarle la lujosa popa a los yates de ahí adentro.

Sobreviela le reconviene a Requena por la amenaza al *Sankris*.

Lo que nos faltaba, que el comisario Pizarro la tome ahora con nosotros.

****

Venga, va, tía, enróllate, le pide *Sankris* a una Venus en mallas. Dile al *Sankris* de qué va todo esto del Germán.

Que de verdad que no puedo, tío. Si alguno de los dos calvos me ven que hablo contigo me echan del gimnasio.

Pero si el *Sankris* no te da tu mierda tampoco vas a estar a gusto, ¿no?

Anda, no seas malo, le dice mientras le hace un arrumaco.

Tranqui, guapi, que lo mío no es el achuchón fácil. Yo lo que quiero es que me cuentes, no que te arrimes. Para eso ya me valgo yo solo.

¿Y qué quieres que te cuente?

Quienes son el Germán y sus colegas en realidad. Me parece que todo esto del gimnasio no es más que una tapadera. ¿Quién es el tío que ha entrado antes en el despacho de Germán?

¿El del traje?

Sí. Ese.

Es un tío de pasta. Un abogado que se enrolla con Germán.

¿El abogado del Germán?

No, hombre. El Germán no tiene pasta suficiente para tener de abogado a este tío. Este solo atiende a gente de mucha pasta. Empresas importantes y gente del *bisnes*.

Pero venga tío, enróllate y dame algo.

Sankris le estrecha la mano con disimulo. En ella iba una papelina blanca que hace que, al sentir su contacto, la bella se ponga como la bestia y se marche en dirección a los lavabos a esnifar la gloria.

Sankris comienza con su rutina gimnástica sin quitar ojo al despacho donde se han reunido Germán Carazo y el abogado de las famosas. Antes de que se pueda marchar y perder su estela, el *Sankris* se dispone a seguirle, pero antes debe hacer que Requena y Sobreviela abandonen su puesto frente al gimnasio.

Llama a Pizarro y le cuenta lo del abogado. Le pide que haga lo que sea para que los dos policías abandonen la vigilancia.

Pizarro ha llamado a Requena. Le ha citado en el *Straperlo* de Montecarmelo, donde Nacho, y ha quedado con ellos para comer. Los dos policías le dicen que no pueden porque están vigilando el gimnasio.

No pasa nada, chicos. Allí tengo yo al *Sankris*, seguro que si pasa algo me lo contará durante la comida. A fin de cuentas, todos los días me pasa la información diaria de lo que acontece en el gimnasio. Estad seguros que, de lo que me informe, os llevaréis vosotros esa información también para que se la paséis al comisario.

Los dos policías se miran y deciden que por qué no. Que a fin de cuentas el *Sankris* está trabajando para ellos.

CAPÍTULO 11

Señor Azuara, buenos días, saluda Pizarro al entrar al despacho de don Ildefonso Azuara.

Buenos días, comisario.

Ex. Excomisario. Ahora soy Pizarro.

Pues bien, señor Pizarro. ¿Qué nuevas tenemos?

Más bien es usted quien me las puede dar, don Ildefonso. Porque, la verdad, algo no funciona bien en nuestra comunicación.

¿Cómo dice?

Que no me ha contado usted toda la verdad. Y yo, si no conozco toda la verdad, no puedo funcionar en condiciones.

No le entiendo.

No me ha dicho que tiene usted más de un abogado.

Naturalmente que tengo más de uno, ¿cómo cree usted que puede funcionar un conglomerado de empresas si no es con distintos equipos de abogados? Tengo un grupo legal amplio, pero no por ello le estoy ocultando información.

El abogado que yo le digo no está, seguramente, en ningún despacho de los que usted habitualmente consulta. Me refiero, naturalmente, al profesor Esteban Díaz de Terán y Juncosa.

¡Ah!, sí. Es eso... Esteban es un buen amigo. No es mi abogado, si es eso lo que le preocupa. Ya veo que hace bien su trabajo. El otro día estuve con él y, seguramente, usted nos tenía referenciados.

Se dice vigilados.

Bien. Pues vigilados entonces. Pero no es mi abogado. Es tan solo un buen amigo.

Con el que no hace negocios.

No. Por supuesto. Hablamos, eso sí, de negocios, como no podía ser de otra forma. Esteban es un hombre multidisciplinar. Lo mismo se dedica a enseñanza en la

Universidad de Oxford que a la defensa de empresas de todo tipo y que incluso a personas que pueden pagar sus honorarios. No es un abogado barato, desde luego.

Pero tampoco sus clientes son lo que puede decirse ángeles custodios del Cielo.

No. Así es. Un abogado tan caro y solícito solo se ocupa de defender cargos por delitos gravísimos.

Vamos, que como pasa en el cine, que no es apto para todos los públicos.

Efectivamente. No lo es.

Digamos que el profesor Esteban Díaz de Terán y Juncosa, tan exquisito en la elección de sus clientes, tan caro y escrupuloso no debería ser visto visitando a ciertas personas y ciertos barrios donde la canalla pugna por salir del lodo.

No le entiendo.

Se lo voy a decir a calzón caído. ¿Qué puede hacer Esteban Díaz de Terán y Juncosa visitando el gimnasio donde entrenaba su esposa?

¿Cómo dice?

Lo que usted ha oído. Ayer mismo el abogado se reunió con Germán Carazo en su propio gimnasio. No fue, por lo que parece, por motivos laborales. No creo que Germán Carazo tenga la suficiente pasta como para que el señor Díaz de Terán y Juncosa le lleve sus cuentas o le defienda ante la Hacienda Pública. Germán Carazo, si necesitase en algún momento un abogado, tendría que ser penalista, nunca un mercantilista como Díaz de Terán.

Me ha dejado usted de una pieza.

Es más, Díaz de Terán y Juncosa, su amigo abogado, era uno de los hombres que estaban la noche del asesinato de su esposa en el reservado de la fiesta. Y estaba con su esposa, con sus compañeras influencers y con el propio Germán Carazo y sus guardaespaldas.

Le voy a repetir la pregunta, señor Azuara. ¿Qué hacía su amigo Díaz de Terán y Juncosa aquella noche en el reservado donde mataron a su esposa?

Ildefonso Azuara se ha quedado en shock. No es capaz ni de pestañear. Enciende un cigarrillo y se sirve un trago de whisky. Hasta ese momento Pizarro no le había visto ni beber, ni fumar. Por fin, tras beberse el trago y apurar la mitad del pitillo, se dirige a Pizarro.

Señor Pizarro, le ruego que investigue usted hasta aclarar la pregunta que me ha hecho. Si es preciso le pagaré el doble, pero, por favor, consiga usted resolver la pregunta que me ha hecho.

Y lo haré, señor Azuara. Y lo haré por el mismo precio. Nunca varío el precio en beneficio propio. Es mi tarifa y es mi obligación descubrir lo que usted me pide. Pero necesito saber hasta qué punto llega esa amistad con usted y por qué no me dijo que tenía contactos con ese abogado.

Se lo agradezco, señor Pizarro. Verá, no se lo dije porque no me pareció importante. Si yo hubiera sabido que, de alguna forma, él conocía o tenía contactos con Candelaria yo mismo se lo hubiera preguntado. Mi amistad ha sido siempre leal y clara. Ahora, con lo que usted me dice, me da la sensación de que esa lealtad no ha sido de ida y vuelta.

Nunca tuve negocios con él. Nunca me asesoró en ninguno de mis negocios o de mis empresas. Mi amistad viene desde tiempos de la mili. Hicimos la mili juntos. Primero el campamento en Cerro Muriano, en Córdoba y, más tarde, en el Regimiento Inmemorial del Rey número 1, en Madrid. Los dos como alféreces de IPS. Más tarde perdimos el contacto hasta que en una ocasión, en unas jornadas empresariales en la CEIM coincidimos y retomamos el contacto. Algunas noches hemos salido a cenar. Un par de ellas con nuestras esposas. Pero nunca con una regularidad como para que ellas se hicieran amigas. De ahí mi extrañeza cuando usted me ha dicho que se encontraba junto a Candelaria la noche de su asesinato.

Piensa usted, señor Azuara, que el profesor Díaz de Terán podía estar asesorando a su esposa.

En absoluto. Ya le dije que mi esposa no tenía dinero. O, al menos, no lo tenía en la forma en que usted me dijo que lo tenía y mucho menos como para pagar a Díaz de Terán. Para mí era un arcano eso de la influencia de Candelaria en las empresas.

****

El bar Vietnam, en San Cristóbal de los Ángeles, es famoso por sus patatas a la brava. En Madrid, concretamente, hay tres establecimientos que dicen hacer las mejores bravas del mundo: La Casa de las Bravas, Docamar y el Vietnam. *Sankris* por aquello de que la cercanía tira, siempre se muestra partidario del Vietnam. El *Ninchi*, sin embargo, prefiere La Casa de las Bravas, porque está en el centro, tío, les dice. Allí, después de las bravas, te puedes comer unas gambas en el Abuelo y, más tarde, un bocata de calamares en la Plaza Mayor y vuelves *cenao*. Sin embargo, el *Lupas*, más veterano y sin ataduras, se muestra partidario de Docamar, en la calle de Alcalá, junto al metro de Quintana. Además, dice, allí te venden la salsa para llevar y, si te haces tú las papas en tu *keli*, te ahorras una pasta.

Después de las discusiones gastronómicas el *Sankris* les informa del negocio que se trae entre manos con Pizarro. Voy a tener que echar mano de vosotros. Para mí se está liando por demás. Tú *Lupas* podrías abrirme las puertas del gimnasio por la noche. Tengo que registrar el libro de cuentas. Me ha pedido el jefe que le fotografíe con el móvil el libro y ahí, *Ninchi*, es donde entras tú. Tienes que dar un palo después de abrirnos para que la bofia crea que han entrado a robar. La puesta en escena te la conoces al dedillo. Pero no te lleves el libro de donde está, hay que mosquearles con el robo pero que estén *tranquis* porque no nos hayamos llevado el libro. ¿Vale? *Dabuten*, dice el *Ninchi*.

El *Lupas* da también su ok.

CAPÍTULO 12

Ese abogado, don Ildefonso, ¿quién es en realidad? ¿En qué asuntos le ayuda? Y no me cuente lo de la mili. Eso es irrelevante.

No lo sé, de verdad... Él, ahora que lo pienso, tenía un gran interés en conocer a Candelaria. Decía que desconocía todo lo relativo al mundo en el que ella se movía y que estaba muy interesado en él. Por el mundo de la inflluencia, decía. Según él el mundo de los influenciadores tapa con una manta de modernidad y emprendimiento un entramado empresarial, una industria que se retroalimenta como otras empresas creadas en paralelo. No figuran en ningún registro, no tienen ingresos reglados, no se ajusta a la normativa de la publicidad o del control gubernamental de medios, no tiene obligaciones en casos como la protección del menor o la publicidad equivalente a otras plataformas audiovisuales. El Ministerio de Transformación Digital y de la Transformación Pública es un engendro al que no reconoce ningún ciudadano. Usted mismo, señor Pizarro, ¿sabe quien es el ministro?

Pues la verdad es que no.

Los influencers, en el momento en que desde el gobierno se han parado a preguntarse de donde salen esos salarios y esas cuentas corrientes llenas de ceros, han tardado un suspiro en trasladar sus domicilios fiscales a esos paraísos fiscales que el propio gobierno consiente. Y me refiero a Andorra, naturalmente, un país cogobernado con Francia y España y el que tan bien les viene a ambos mantener así, sin controles fiscales, para que puedan los *Pujoles* de turno lavar sus comisiones y sus corrupciones.

Desde una plataforma cualquiera de esta gente se venden productos milagrosos que curan el cáncer, su facilitan las criptomonedas, se crean bulos y se utiliza de forma torticera y disimulada toda la publicidad del mundo, sea o no ésta, legitima o veraz. Se discrimina, se insulta, se manipula a los gobiernos, a los ayuntamientos y a la industria en general sin ningún tipo de control.

Pero el gobierno, según nos dijeron, está a punto de sacar un reglamento que ponga coto a todo este desmadre.

Sí. Y lo sacará cuando los influencers tengan ya las mañas preparadas para evitarlo. ¿Por qué cree usted que están esperando tanto? ¿Por qué cree usted que el gran océano de escualos que son los bufetes de abogados famosos asesora a esta gente y les marcan el tempo?

Pero me temo, don Ildefonso que sigue usted sin contestarme. ¿Qué es lo que buscaba en su casa el abogado Díaz de Terán y Juncosa?

No lo sé, y es cierto. O al menos no lo sabía. Ahora ya dudo que viniera por asesorarme a mí o que su pretendida amistad no fuese más que un señuelo para acabar pescando a Candelaria, siempre tan inocente.

Entiendo don Ildefonso su veneración a su esposa, pero creo que ya va siendo hora de despertar y dejar de considerar a su esposa como inocente. Ella se metió en una espiral destructiva. Y no me refiero sólo al asunto de las influencers, sino a un mundo ficticio donde los grandes tiburones, como usted ha dicho recientemente y con mucho tino, se mueven divinamente.

Aquella noche, señor Azuara, y creo que le voy a causar un daño del que me arrepentiré enseguida, su esposa estaba en aquella fiesta, por propia voluntad. En la autopsia se la revelado que aquella misma noche su esposa practicó sexo.

¿Lo hizo con usted?

No. Se lo aseguro,

¿Con quién entonces? Si pensamos que fue aprovechando la privacidad del reservado podría haber sido con Díaz de Terán, o con Germán Carazo o el tal Tuby, su representante. Me cuesta pensar que podría ser con alguno de los dos gorilas de Carazo por lo que deberíamos, sino descartarlo, dejarlos de lado. También podría haber sido antes de llegar al reservado, entonces no podemos llegar a ninguna conclusión. O, también, podría haber sido con ambos. Esto del sexo grupal es bastante habitual entre este tipo de gente. Por otro lado, la presencia de algunas otras jóvenes influencers da para pensar en algún tipo de bacanal. ¡Vaya usted a saber!

Le ruego, señor Pizarro, que esas disquisiciones, si bien son útiles para llegar a un resultado final, las haga usted en silencio o fuera de mi presencia.

Lo siento. Ya le dije que le podría causar daño. Ahora que sé que a usted le molesta lo analizaré sin que usted sufra.

Mire, vamos a investigar los negocios de Candelaria. Vamos a seguir, todo lo cerca que podamos, sus empresas anunciadoras, sus seguidores y los visitantes de sus páginas. Pero va a ser necesario que usted mismo, don Ildefonso, colabore recordando todo lo que pueda aportar del señor Díaz de Terán. Creo que él y el entrenador personal de su esposa están hasta las trancas en el negocio que ella llevaba. De alguna forma influían en ella y la tenían como una marioneta manipulándola hasta que ya no les ha sido útil. En ese mismo instante se deshicieron de ella. Y lo hicieron de forma disimulada, tratando de confundir a la policía dando por suicidio lo que fue un asesinato.

Entonces, ¿qué puedo hacer yo?

De momento repasar, mental y físicamente, los datos relativos a su contacto con Díaz de Terán. Revolver en los papeles de Candelaria para ver si conseguimos iluminar nuestras dudas. Y, sobre todo y por encima de todo, recordar todos y cada uno de los momentos en que el abogado ha aparecido por su casa. Los negocios de los que le hablaba y todo aquello que pueda servirnos para conocer mejor lo que buscaba en su casa.

Así lo haré. Y gracias, señor Pizarro.

****

Requena y Sobreviela han dado los nombres de los dos guardaespaldas a Victoria Castillo para su identificación. Son sobradamente conocidos: tráfico y consumo de estupefacientes, violencia callejera, robo con violencia, etc. Según se cuenta en su barrio eran, desde niños, carne de séptima galería de Carabanchel. Desde bien niños dejaron de acudir a la escuela, formaron parte de una banda juvenil y se recluyeron en el gimnasio de Germán Carazo. Desde entonces no han tenido ningún encuentro más con la policía. Ahora manejan dinero, se han marchado del barrio y viven en un pequeño apartamento en Aluche, cerca de la plaza de Carabanchel. Son habituales de la taberna *La Perdiz*, donde no es extraño verlos comer los tradicionales *panolis*. La especialidad de la casa.

¿Panolis?, pregunta el comisario Jiménez Ortiz.

El nombre de panoli no hace referencia, como es fácil creer, en lo que la RAE afirma: persona simple y fácil de engañar; no. El nombre de panoli proviene del mallorquín Pan *amb oli* que el madrileño, en su afán de retitular todo lo que viene de fuera, bautizó como panoli. Es una tapa típica de Mallorca donde se unta el pan de alioli y se pone encima, tradicionalmente, una anchoa y un boquerón en vinagre, lo que en otros sitios se conoce como "*matrimonio*" pero que, en Madrid, se llama panoli.

Pues vaya chorrada, dice Jiménez Ortiz. Se os ha pegado la bobada esa de Pizarro de estar siempre hablando de comidas.

¿Por qué le tiene usted tanta inquina, comisario?, le pregunta Victoria Castillo.

60

No es inquina, pero siempre ha sido el niño bonito de Balo, por aquello de haber estado en la Academia juntos. Pero a los demás no nos han traído los Reyes Magos, también nos esforzamos e hicimos nuestros días de calle, arriba y abajo.

CAPÍTULO 13

Ahora don Ildefonso debemos tener mucho cuidado. Es tiempo de prudencia y de perspicacia.

¿Es usted aficionado a la pesca?

Pesqué algo, cuando era más joven.

Entonces recordará que para asegurarse la captura había que tener templanza y dejar correr el hilo hasta que el pescado se confiaba y, izas!, caía en el anzuelo. Eso mismo tenemos que hacer ahora, pero sin que Díaz de Terán, Carazo o el tal Tuby tengan la más ligera idea de que andamos buscando el tercer pie del gato.

Mañana, don Ildefonso, tiene que mostrarse en el tanatorio y durante el sepelio como un viudo destrozado.

Eso no será difícil. Es como me siento, en realidad.

Pero ha de mantener el tipo cuando estos tres vayan a ofrecerle sus respetos. Mucho cuidado, sobre todo, con hacerles ver que sospechamos de ellos.

No se preocupe. Me cueste lo que me cueste no haré la más mínima demostración de odio. Aunque me reconcoma por dentro.

De eso se trata.

Pues bien, le dejo a usted mientras preparo los siguientes pasos. Ahora tengo que comprobar, con mi asesor en temas financieros, cómo tenía su esposa todos aquellos asuntos en los que usted, para su desgracia, desconocía. Hemos descubierto, en la caja fuerte del despacho de su esposa, una documentación muy jugosa.

¿Pero Candelaria tenía en su despacho una caja fuerte?

Así es, disimulada, pero que no ha sido fácil de abrir.

¿Y cómo lo ha hecho?

No me pregunte, don Ildefonso. La persona que la ha abierto es un profesional retirado pero un gran profesional.

¿Y qué han encontrado?

Todo lo relativo a sus inversiones. Sus gastos, sus beneficios, sus inversiones y, lo que nos ha sorprendido más, es que mantenía, como ya le dije que sospechaba, un seguro de vida con un beneficiario extraño: una fundación.

¿Cómo una fundación?

Así es. Una fundación con domicilio en Douglas, en la Isla de Man. Allí, en el *Bank of the Man Island*, su esposa mantiene una cuenta con muy interesantes beneficios. La Isla de Man es una dependencia de la Corona británica y, por lo tanto, no forma parte del Reino Unido, aunque en la práctica sea ese estado quien ejerce su representación internacional y su defensa. El banco Presume de que el Fondo Monetario Internacional mantiene que las defensas de la isla contra el lavado de dinero procedente de actividades delictivas y cumple con los estándares mundiales. Es decir, que la isla coopera en la lucha contra el crimen financiero internacional. Pero nada más alejado de la verdad. La Isla de Man es, por así, decirlo, uno de los doce territorios británicos considerados paraíso fiscal.

La sociedad de Candelaria era una de las empresas que figuraban en los Papeles del Paraíso o *Paradise papers*. Candelaria o, por mejor decirlo la empresa de su esposa, era una de las empresas implicadas cuyos asuntos financieros afectaban incluso a la reina Isabel II y al secretario de comercio de Estados Unidos Wilbur Ross.

¿Los Papeles del Paraíso?

Se llamó así a la filtración por una pareja de reporteros del periódico alemán *Süddeutsche Zeitung* y compartida con *ICIJ*, un grupo ubicado en Washington que ganó el Premio Pulitzer por la investigación que realizó de la firma de abogados Mossack; Fonseca Mossack en Panamá. La difusión de ese millón trescientos mil documentos causaron la renuncia de un primer ministro y ayudó a desenmascarar la riqueza de personas llegadas al presidente ruso Vladimir Putin y que llegaba, como le dije antes, incluso a la propia reina Isabel.

¿Y Candelaria tenía que ver con esto?

Pues sí y no. No como Candelaria Cordero o Candy Lamb; pero sí con la fundación *CL Foundation* cuyo administrador único responde al nombre de Esteban Díaz de Terán y Juncosa. La fundación es, en realidad, la propietaria de todas las inversiones de su esposa.

Como ha sido posible que Candelaria se haya dejada arrastrar por unos tipos como estos.

No se haga mala sangre, don Ildefonso. Solo se puede conocer la fuerza del viento cuando se camina en contra de él, nunca dejándose llevar por ese viento a favor. Y me parece que Candelaria llevaba bastante tiempo a favor del viento.

****

¿Y cómo piensas llegar hasta el abogado? Te recuerdo que este chorizo no se trata con nadie que no figure en el Gotha patrio, le dice el director general, Jato.

Tengo para ello una carta en la mano. Te lo contaré más adelante. Ahora vamos yéndonos. He quedado con Catalina en el *Jardín del Ritz*.

Oye, Pizarro. Te recuerdo que yo sigo viviendo de un sueldo de funcionario. No sé cuánto nos va a salir una cena para cuatro en el Ritz. Pero siempre que he ido allí ha sido de boda y me ha costado un pico el regalo. Pero lo que es a cenar, tirando de tarjeta, no lo he hecho nunca.

Como dijo Abraham cuando tenía al carnero cogido por los cuernos, Dios proveerá.

****

Jato saluda a Catalina y, posteriormente, hace otro tanto con Merche, su esposa.

Están las dos elegantísimas. José mira extrañado a Catalina. Nunca la había visto tan maquillada y con ese minivestido de tela de raso rojo. Estaba preciosa, es cierto, pero él se sintió mal al presentarse allí, con su traje menos espectacular.

De haberte visto salir me hubiera cambiado hasta de zapatos, le dice mientras se sienta.

Estás perfecto, señor Pizarro, le dice Catalina besándole en los labios. Si no te parece mal podemos pedir un *Negroni*. Ya sabes que tengo debilidad por este combinado.

Un par de camareros les traen sus combinados. El de Jato sin alcohol. Merche, su esposa, ha pedido un vino blanco helado. Pizarro y Catalina han elegido el Negroni, como no podía ser menos.

Cuando lo están terminando aparece el chef que se abraza a Pizarro y saluda, muy afectuoso a Catalina. Pizarro le presenta a Jato y su esposa.

Encantados. Hacía tiempo que no te veía, Pizarro. Desde que dejaste el Cuerpo estás irreconocible. Me han dicho que hasta te han visto un día comer un menú del día en un tugurio.

No hagas caso a todo lo que escuches. Hay mucho bulo y mucha *fake*. ¿O es que no lees la prensa?

Solo la de mi gremio. Ya sabes…

Pues dicen que quien sabe mucho de una cosa, no sabe de nada.

Siempre tan atento, *mesié* Pizarro, dice con una gran risotada.

Piden unas croquetas melosas de jamón ibérico para acompañar el trago previo. Luego un gazpacho de bogavante perfumado con albahaca para los caballeros y una burrata de Puglia con pesto, piñones y pan frito ahumado y tomate que toman, salvo Merche, pues no le gusta el queso.

Lleva algo de tomate, confit y rúcula, dice.

Efectivamente, Merche. Muy bien. Has dado en el clavo, le dice Pizarro mientras guiña un ojo a Jato.

A ver si aprendes jefe Superior que la jefa te supera.

Pizarro y Catalina se han decantado por una lubina con pilpil de piparra y chalaquita. Jato y su esposa han pedido Lenguado al Josper con su bilbaína y alcachofa braseada.

De postre Dacosta no les permite pedir nada. Les trae su Quique sorpresa que les deja el estómago lleno. Durante toda la cena Dacosta les ha servido un Moët & Chandon perfectamente frío.

Han disfrutado del epítome del lujo madrileño y, tras la cena se han trasladado al bar interior. Allí, sobre uno de los cómodos sofás y bajo la recuperada pérgola de cristal, Pizarro ha pedido un whisky. Jato y su esposa son más de gin tonic de Nordés, la perfumada ginebra gallega. Catalina se ha reservado para más adelante.

No puedo tomar nada ahora. Sería una falta de respeto con la extraordinaria lubina.

Ahora Pizarro y Jato comienzan a hablar de lo que les ha llevado hasta allí. Pizarro necesita la cobertura legal de su equipo para viajar hasta Inglaterra. Allí tendrá que enfrentarse a la repulsión que le produce a la banca de la Isla de Man las preguntas y todo lo relativo a inversiones en la Isla.

¿Cómo piensas acometerlo?, le pregunta Jato. No te va a ser fácil que te enseñen el más mínimo papel.

Cuento con la extraordinaria paciencia y experiencia de Tomás Peña, el jubilado banquero que nos ayudó cuando el asunto Hasjana.

¿Y esa carta que me dijiste que tenías guardada?

¿Recuerdas a mi amigo José Mari Aguirre?

¡Ah, sí!, el Barón de no sé dónde, ¿no?

De no sé dónde, no. El Barón de San Nicolás. Es un título nobiliario vasco. Ya sabes que allí los blasones son como las amapolas en Castilla, están en todos los sitios y al aire libre.

El Barón tiene presencia. El porte y el *savoir faire* no los puede disimular. Además, está acostumbrado a tratar con estos administradores de lo ajeno. Ya sabes, donde hay pasta...

Eres un genio, Pizarro. No se me había ocurrido.

Ya lo decía Vitín, mi añorado amigo. Amigos hasta en el infierno. Enemigos ni en la Gloria.

CAPÍTULO 14

Entonces, Pizarro, le dice el Barón de San Nicolás, nos vamos a Londres de vacaciones.

Ya te digo yo que, de vacaciones, ni por el forro. A trabajar, amigo. A trabajar.

¿Y eso que es?, le pregunta el Barón.

Cierto, mi querido Barón, que usted nunca se vio en la tesitura, le contesta Pizarro con una gran sonrisa.

Iremos con Tomás Peña, al que recordarás porque colaboró también en el equipo multidisciplinar del caso Hasjana.

Sí, recuerdo al exbanquero. Un gran tipo.

Hoy nos reuniremos para preparar el viaje. Lo haremos en La Cruz Blanca de Vallecas.

Impresionante, Pizarro. Un buen cocido siempre acerca posiciones incluso entre los contendientes de la cercana Asamblea de Madrid.

Antonio Cosmen es el artífice de que esta vieja cervecería se haya encumbrado con el mejor cocido de Madrid a base de añadir al plato cariño, tradición, esmero y la mejor materia prima.

Te agradezco, comisario, tu visita nuevamente.

Gracias a ti, Antonio y ya no soy comisario. Ahora soy un civil al que le gusta meter la nariz donde no le llaman.

Lo que ha perdido la gendarmería, dice Antonio, entre risas.

José presenta al Barón de San Nicolás y al banquero Peña. Cosmen los sienta en una de sus mejores mesas y, antes de que puedan consultar una carta que no aparece por ningún lado ya tienen sobre la mesa un vino conquense que quita las penas. A su lado un plato de jamón ibérico sudando su grasa como un futbolista tras el verano; unos boquerones en vinagre que son, según les cuenta Pizarro, insignia, con el cocido, de la casa. Cosmen les deja unas gambas a la plancha que traen impresas en su ADN el aroma salino de Huelva. Unas gambas frescas, duras, con su sal gorda pegada a esa jugosa cabeza que la plancha ha dejado algo tierna y que hace las delicias de los tres comensales chupeteando sus nucas. Las de las gambas, claro. A continuación, comienza el espectáculo de un cocido sublime. Con sus tres vuelcos. Una sopa amarillenta, sabrosa, desgrasada y con un fideo *cabellini* ligeramente tostado antes de ser echado al caldo. Los garbanzos lechosos, gordos y enteros, al ser del año no presentan ese costroso pellejo de otros figones y unas verduras en su punto perfecto de cocción. Y, para finalizar, las carnes, la chacina, esa gallina que tanto gusto le ha dado al plato... Por algo esta casa se llevó, con justicia, el Premio Nacional de Hostelería.

Un cocido, dice el Barón, es un plato simple que está simplemente impresionante.

Nadie lo hubiese dicho tan bien, le dice el banquero. No había tomado un cocido tan rico desde que yo puedo recordar.

Pero no se lo digáis mucho a Antonio que luego se nos crece y termina reservando las mesas solo para los diputados autonómicos. Además, sería capaz de echar albóndigas de pan y otras porquerías de esas que llaman bola o pelotas al cocido.

¿Tú, Pizarro, no crees como Aldea que la bola es parte del cocido?

¡Qué coño va a formar parte del cocido! La bola es un quitahambres ideado a primeros del siglo XX para ahorrar parte del morcillo y la punta de jamón. Cuantas más pelotas, o bola, se echen, menos carne y jamón y esto siempre es un ahorro para el cocinero o el mesonero.

Antonio Cosmen se acerca a ellos para preguntar por el cocido. Tras recibir las alabanzas de turno les traslada a un reservado donde pueden tomar el café y unas copas a resguardo de miradas ajenas. En el reservado y, acompañando al café, comienzan a preparar el viaje a Londres.

Se trata, dice Pizarro, de trabar contacto con Esteban Díaz de Terán y Juncosa al que, seguramente, conoceréis por el papel cuché y los telediarios.

Así es, dice Peña. Afortunadamente no tuve nunca ningún otro contacto por no haber tenido necesidad de ello. Andar entre leguleyos siempre salpica.

A ti, Barón, ni te pregunto.

No. Efectivamente. El ejercicio del Derecho siempre me pareció faena desagradable. Si un hombre es culpable no me merecería la pena defenderlo. ¡Que se joda!, pero si es inocente no podría cobrarle la minuta. A un hombre decente se le defiende siempre, en todo momento, y de forma altruista.

Pero no es menos cierto, Barón, que todo hombre tiene derecho a una defensa.

Cierto. Pero cada derecho lleva aparejada, como una parte inherente a ese derecho, una obligación: la de ser honrado, decente y leal con la ley. Si el solicitante de ese derecho no ha cumplido con su obligación, es en vano defendible.

Bien. Esto son disquisiciones de carácter filosófico. Lo que tenemos que tratar aquí es el modo de presentarnos a este abogado sin que, en ningún momento, note o se desconcierte con nuestra presencia. No debemos permitir que se lleve la impresión de que sospechamos de él o de que investigamos su presencia en el reservado donde asesinaron a la influencer.

Y ahora, como quien no quiere la cosa, dice Peña, nos vas a repartir los roles en esta comedia. Yo, me imagino, tendré que tirarle de la lengua en asuntos económicos.

Qué bien me representas, banquero.

Y yo, dice el Barón, tendré que actuar como una *celebrity* para que piense que estoy podrido de dinero y necesito sacarlo del país.

¿Veis como no es difícil ser policía? Lo habéis pillado a la primera.

Iremos a Londres. Al parecer el abogado, entre otras muchas tapaderas, tiene una fenomenal para ir, de forma habitual, al país con más territorios considerados paraíso fiscal del mundo: el Reino Unido. Es profesor asociado en la Universidad de Oxford. Profesor de *Comon Low*, el Derecho Común a toda Inglaterra. Al parecer tiene todo un nombre en actividades como los Sistemas Legales Malvados.

¿Eh?

Ya sabéis: la profundización entre la teoría del Derecho Natural y el Positivismo legal, el análisis de las implicaciones de los conceptos de ley en la gestión de leyes y sistemas malvados y otras lindezas por el estilo. Esto es de primero de Derecho.

Pues según lo que nos contaste, dice el Barón, este pajarraco debe de resultar un maestro cojonudo en esto de la sistemática malvada.

No te quepa la menor duda.

Bien. Mañana volamos a las 9,50 desde la Terminal T4, de Barajas.

Ahora se llama Madrid-Barajas-Adolfo Suárez, dice Peña

Sí, es cierto, ahora en lugar de un aeropuerto, parece el nombre de un aristócrata, dice Pizarro señalando al Barón de San Nicolás, quien sonríe halagado.

Llegaremos a Londres y de allí nos trasladaremos al condado de Oxfordshire. Laura Nicolás, nos ha reservado una pequeña *cabaña* en Kidlington.

¿Vamos a vivir como pastores?

No, Barón. Se llaman cabañas, en la zona, a las pequeñas casas con fachada de esquisto y tejado de paja y cañota. En estas pequeñas casas vivían, antes, los obreros ingleses, pero, ahora, con esto de la vuelta al campo, se han convertido en auténticas viviendas turísticas de lujo. Si Laura Nicolás nos la ha reservado será por algo. Ya veréis.

¿Y no vamos a estar en Londres?

Sí, claro. Tened en cuenta que estaremos a apenas ochenta kilómetros, y con una red ferroviaria extraordinaria. Podemos utilizar el ferrocarril para reunirnos y conversar sobre lo que vamos descubriendo. Yo creo que en menos de una semana podremos volver de nuevo a Madrid.

No tengas prisa, policía, dice el Barón. Podemos pasar un fin de semana extraordinario de pubs y restaurantes de todos los lugares del mundo. ¿Conocéis *The Churchill Arms*, en Kensington?

Creo que sí, dice Pizarro. Es uno muy característico por sus exuberantes exhibiciones florales y navideñas, ¿verdad?

Y tanto. Es, con toda seguridad, el más colorido y divertido de Inglaterra.

Tiene una cocina tahilandesa verdaderamente buena. Algo picante, claro, porque si no sería otro tipo de cocina, pero muy agradable.

Pues por mí no hay problema, dice Pizarro. ¿Qué opina nuestro banquero?

Pues vuestro banquero os va a sorprender si me permitís que os asesore acerca del mejor *fish and chips* de todo Londres. Jamás lo hubieses descubierto si no os llevo yo allí. Se trata del *Charmberlaine*, un pub que ofrece el mejor pescado; un bacalao auténtico, nada de platija, ni fletán, ni siquiera maruca. Sólo el mejor bacalao fresco y perfectamente desalado y frito sin una gota de grasa de más. Y unas patatas crujientes por fuera y tiernas por dentro, con su punto justo de sal. Ya digo, incomparable, este fish and chips.

Bueno, dejemos eso de lado. Ya tendremos tiempo. La cosa consiste en lo siguiente: en primer lugar, iremos a entrevistarnos con el abogado para que el Barón trate de captarlo como abogado de unos supuestos negocios que le facilitarán una elevadísima cantidad de dinero y que hay que trasladar a un paraíso fiscal que no conlleve el traslado a sitios lejanos o que sea detectable por Hacienda. Si todo va bien él propondrá la Isla de Man porque se puede ir desde Londres en un vuelo rápido del que no queda constancia en el pasaporte.

Tienes que hacerle ver que no quieres figurar en ningún lado de ese dinero porque no quieres que quede tu nombre al aire en ningún documento. Él, si todo transcurre con normalidad, te dirá cómo hacerlo. Ese será el *modus operandi* de lo que hizo con la influencer. Repetirá, con toda seguridad, la fórmula contigo.

La cantidad no debe de ser enorme, para no levantar sospechas. Yo creo que con cincuenta millones de euros es suficiente.

¿Y tú crees que el abogado se va a creer que yo tengo cincuenta millones de euros para dejar al albur a cualquiera pierna?

La única persona que puede engañarle eres tú, Barón. Tú tienes aspecto de estar podrido de dinero. Háblale con esa displicencia que tenéis los ricos para con los empleados; muéstrate en todo momento distante y él picará. Ya lo verás.

Bueno, mientras no me dé la risa al decir que tengo cincuenta millones para tirar a la basura.

Yo seré el banquero Peña; y Peña, a su vez, será el contable del barón. Si queremos parecer un rico al que le sobra el dinero debemos tener un *machaca* que se ensucie las manos manejando ese dinero. Los ricos, además, de no llorar, jamás tienen dinero. De eso se encarga el secretario.

¿Y tengo que hacerlo yo?, pregunta Peña.

Naturalmente, cuando tengas que moverte entre ingresos y gastos, resúmenes financieros y esas pejigueras que tan atinadamente manejas te tomará por el contable. Si tengo que parecer yo estaríamos perdidos. Yo, como el banquero Peña, sólo apareceré el día de la presentación, para que el barón y tú seáis quienes lleven la voz cantante.

Tenemos tiempo de sobra y los conocimientos necesarios para saber cómo hicieron para quedarse con el dinero de la influencer y cómo lo sacó de España.

Pero nos pedirá datos bancarios para cerciorarse de quienes somos y qué es lo que buscamos.

De eso no te preocupes. Ahí está nuestra baza. Ayer mismo cené con Jato, el Director General de la Policía y ha conseguido un banco y el director de una oficina que va a colaborar con nosotros dando los datos que queramos ofrecer al abogado y la cobertura precisa para engañarlo. No puede sospechar nada en contrario en este asunto.

Vaya, Pizarro. Te lo has trabajado, dice Peña.

¿Conforme entonces?

Vamos allá, dice el Barón de San Nicolás. Mañana nos toca madrugar. Quien me iba a decir a mí que algún día lo haría, dice sonriendo.

A la vejez, viruelas, querido Barón.

CAPÍTULO 15

Tras el funeral y el posterior entierro de Candelaria han salido en dirección al centro de Madrid. Allí han tenido la última reunión antes de volar hacia Londres.

Jato y Balo, por parte de la policía. Pizarro, Peña y el barón de San Nicolás, por otra parte y, como mero espectador, *Sankris* que ha informado del seguimiento que hace a los dos guardaespaldas.

Esos no saben *na* de *na*, jefe. Esos lo que llevan es un pequeño *bisnes* con los boxeadores y alguna de las chicas que aparecen por el gimnasio. Ya saben, nieve por sexo y algo de lo que sisan en los anabolizantes. El que sí que aparece muy a menudo es el tal Tuby.

¿Tuby?, pregunta Jato.

Sí, contesta Pizarro. Gustavo Cenceño, el webmaster de Candelaria. No debería mantener ningún contacto con Germán Carazo pero, curiosamente, aparece bastante por el gimnasio y, les aseguro, que no va precisamente a Pilates.

¿Dónde tiene su oficina el tal Tuby, *Sankris*?

Oficina y apartamento, todo en uno jefe. Lo tiene en la calle del Almirante, en el número 18, justo enfrente a la calle que da al Teatro María Guerrero, en pleno Chueca.

¿No me digas que el Tuby...?

Justo, director. De los que encabeza una carroza el día del Orgullo.

Vaya. Eso le podría descartar como quien mantuvo relaciones sexuales con la difunta.

En principio sí, porque esa sí que es una buena coartada.

****

Pizarro pasa una noche inquieta. Él sufre como nadie puede imaginar pensando en tener que subirse a un aeroplano. Sus acompañantes, una vez que se reúnen en el hall del aeropuerto, se muestran distendidos. Si algo ha envidiado Pizarro a lo largo de su vida ha sido perder ese miedo a las alturas.

Van acercándose al *finger* que da acceso a la aeronave. Ahí es donde Pizarro termina por descomponerse. No entiende el rostro confiado, tranquilo, hasta feliz de las azafatas. Hay que ser insensato para pasarse el día montado sobre un artefacto al que mantiene en vuelo una millonada de kilómetros de cable que, en un momento dado, pueden soltarse, romperse, pelarse y dar con los viajeros en tierra. No tomar tierra, no; tragársela entera.

Se han sentado en sus plazas. Los tres en una misma fila. La ventanilla, por supuesto, no la ocupa Pizarro. Al excomisario le pasa en los aviones, como cuando le extraen sangre para los puntuales y periódicos controles médicos, que tiene que mirar para otro lado por no ver lo que es evidente.

El Barón y Peña, más acostumbrados a los aviones, van haciendo comentarios sobre el vuelo. Pizarro trata de abstraerse y piensa en cualquier cosa que no le lleve la mente al hecho de estar volando.

Ahora debemos estar atravesando Francia, dice el Barón de San Nicolás. Aquello de allí es claramente la franja cantábrica. Mira, esa agrupación grande de casas es San Sebastián.

Mira a ver si ves la casa de María, tu hija, le dice Pizarro al Barón.

Mejor sería que mirases tú, en lugar de estar, como el avestruz con la cabeza metida bajo el ala. Nunca pensé que serías tan cobarde como para sufrir en un avión.

Son mis circunstancias, dice Pizarro.

Estamos llegando a Le Havre, dice Peña al rato. Ese puerto gigante es Le Havre. Desde allí, cruzando el Canal, estamos en Londres en un periquete.

¿Por qué no seguirá hasta Dunkerque?, pregunta el Barón.

Porque seguramente los vientos de cola le facilitaran el acceso desde Le Havre mejor que desde Dunkerque.

O para evitar una debacle como la de la *Operación Dinamo*, dice Pizarro.

Hombre, Pizarro, no sabía que fueras un experto en temas bélicos de la Segunda Gran Guerra.

****

Tras un aterrizaje perfecto y el consiguiente paso por la aduana, han cogido un taxi para desplazarse hasta Oxfordshire. Podrían haber tomado el tren o el autobús, pero el taxi los llevará directamente y sin pérdidas de tiempo. Los próximos viajes sí que utilizarán el transporte público, pero ahora, con las maletas, nada mejor que el taxi.

Llegan por fin a Kidlington. Esta es la dirección, señores, les dice el taxista.

Efectivamente, y tal como Pizarro había anunciado, la casa es una pequeña cabaña de esquisto. Sobre ella un tejado tradicional de paja y cañota.

Parece una palloza de las que existen al norte de León, dice el Barón. Nunca me había alojado en un sitio tan peculiar.

¿Por peculiar quieres decir modesto?

Efectivamente, señor expolicía.

Al abrir la puerta y acceder al interior la modestia del Barón se transforma en un pequeño lujo inesperado. Un salón perfectamente decorado. Una chimenea preciosa, alimentada de leña y dispuesta para ser encendida en cualquier momento. Un televisor gigante con acceso a todo tipo de plataformas y servicios y un baño de respeto para las visitas dan paso a una pequeña escalera que sube a las habitaciones. Las tres habitaciones están decoradas al gusto inglés que tanto confunden a Pizarro. No soporta, nunca lo ha soportado, el afán británico por la moqueta. Aquí, piensa, deben habitar una miríada de virus y bacterias imposibles de eliminar. De forma maquinal abre la ventana para que se ventile. La habitación cuenta con un aparato de aire acondicionado y un baño completo, con ducha de masajes. También cuenta con la sempiterna televisión y un buen reproductor de música *Bang & Olufsen*. Pizarro extiende, sobre la cama, la maleta abierta y va colocando en el armario toda su ropa. También saca de una bolsa, que llevaba dentro de la maleta, dos pares de zapatos y un par de zapatillas de deporte.

Tras deshacer la maleta, asearse ligeramente y comprobar que la habitación se había ventilado convenientemente, bajó al salón donde ya le esperaban sus compañeros avituallados con un vaso de whisky cada uno.

¿Ya empezamos?, dice Pizarro.

Allá donde fueres, haz lo que vieres, le contesta el Barón. Salen a pasear el pueblo y a hacer algo de apetito. La hora de la comida en el Reino Unido se sitúa entre las 12,00 y las 13,30. En España, a esas horas, algunos no han tomado ni el aperitivo, piensa Pizarro, pero tiene razón el Barón: allá donde fueres…

Comen algo en un pub, *Sturdy's Castle Country Inn*, un típico menú inglés donde, en el mismo plato, se daban cita un trozo de carne asada, con una salsa donde el sabor a Worcestershire destacaba por encima de todo, una pella de brócoli, un par de volovanes, zanahoria y algo de puré de patata, que servía de acompañamiento a la carne salseada. Una buena pinta de negra cerveza sirvió como acompañamiento al menú. Tras comerlo alegremente y acompañado de una buena tertulia tomaron café y whisky como si fuera agua.

Bueno, dice Pizarro, el café no como si fuera agua; era, en realidad, agua.

Pero el whisky, qué, Pizarro, ¿no merece la pena el viaje sólo por este whisky?

Sí, dice el excomisario. Realmente es bueno. Se aprecia un sabor complejo y variado a las frutas florales, la hierba y, especialmente a la turba, la madera de la guarda y el humo.

Vamos, dice el Barón entre risotadas, que sabe a la chimenea de la cabaña.

CAPÍTULO 16

Hoy los tres viajeros se han levantado temprano. Cuando el barón baja al salón ya está Pizarro haciendo un desayuno potente, espectacular. Ha hecho una tortilla grande, de tan solo huevos y unos espárragos verdes que había en la nevera. Le ha añadido unas lascas de queso *cheddar* que la ha dejado muy untuosa. Una buena cafetera humea en el fuego de gas y el pan, en la tostadora, huele de manera triunfante. Sobre la mesa un par de ejemplares de *The Oxford Tribune* del día que alguien ha lanzado desde una bicicleta. Nada que extrañar pues el vehículo oficial de todo el condado de Oxfordshire es la bicicleta. Ellos no podrán utilizarla pues Pizarro, siempre tan enemigo del riesgo, el deporte y las alturas, no sabe montar en ella.

¿Qué plan tenemos para hoy?, pregunta el banquero.

Hasta la tarde no tenemos que entrevistarnos con el profesor Díaz de Terán. Por lo tanto, vamos a pasear por Oxford. Visitaremos el *Covered Market*, quiero comprar algo para Lola, la hermana de Catalina. Es una gran aficionada a los trastos viejos y, con toda seguridad, si me presento en Madrid sin alguno de esos trastos me repudia y me odiará toda la vida.

¿Vamos a ir a un mercado?, pregunta el Barón.

No, tranquilo Aguirre. Covered Market es un mercadillo, sí; pero también tiene tiendas gourmet, bares y hasta algún buen ejemplo de *truck food*, la nueva moda de comida en camionetas.

Quita, quita, dice el Barón. Yo no como de pie enfrente de un tío que está envolviendo pescado frito en cucuruchos.

Pizarro y Peña ríen la ocurrencia. Se imaginan al Barón, que pide en cada restaurante la carta de vinos y la especialidad del lugar, vamos todo un *dandi*, comiendo un cucurucho de pescado y no dan crédito a la imagen.

Pasean, después de la comida por el sendero de Accison, un camino que discurre entre el riachuelo del Holiwell Mill y el río Cherwell. El camino es de gravilla y estaba orillado por un buen número de árboles de ribera. El caminar de los tres amigos sobre la gravilla y el rumor del agua les da la tranquilidad que van a necesitar por la tarde. El cielo hoy está, maravillosamente, azul. El ambiente es casi una postal costumbrista: tres antiguos alumnos de Oxford paseando junto al río; una barca con remeros se entrena antes de enfrentarse a Cambridge. En la margen contraria unos alumnos y alguna alumna están vestidos de blanco con un jersey de *ochos* con el pico del jersey de otro color. Llevan un *canotier* de paja y están, bajo un desmayo, haciendo un picnic. Podría parecer una imagen de la película Mary Poppins. Sobre la manta de cuadros escocesa reposan un par de cestas de mimbre con las viandas. Todos beben cerveza desde la botella y animan con grandes voces y risotadas a los remeros.

De uno de los edificios del *college* sale un profesor. El traje de *tweed* de tres piezas y las manos atrás, tras su espalda, preparando el discurso de apertura de su próxima clase. Pizarro diría que está soñando despierto. Seguramente se debe a la ingesta de cerveza o, por qué no, al *roast beef* que se ha recetado hace menos de media hora con su guarnición de patatas fritas, champiñones, zanahorias y los inevitables guisantes salteados.

Ya es la hora, les dice Pizarro a sus acompañantes. Es el momento de presentarnos a nuestro amigo el abogado. Peña lleva en su mano una cartera de piel como las que suelen llevar los secretarios. Va a dos pasos de sus dos compañeros. Cualquiera que los esté mirando desde una de las ventanas del *college* pensaría que los primeros eran los responsables de alguna empresa colaboradora con la Universidad y, el hombre que paseaba dos pasos tras ellos sería el secretario. Eso era lo que pretendían los tres que pensaran quienes los estuvieran observando. Y quien les observaba, entre los visillos de su despacho, era Esteban Díaz de Terán y Juncosa, el *law profesor*.

****

Y bien, les dijo tras haberles sentado en un sofá *Chester* al que acompañaban un buen par de butacas orejeras y servirles una taza de té.

Verá usted, señor Díaz de Terán. Nosotros tenemos un problema con ciertas inversiones. Es un problema habitual en España, máxime desde la entrada en la Unión Europea. Nuestra empresa no cotiza en Bolsa ni es una empresa puntera, dice Pizarro ahora convertido en el banquero Peña. Es más, si usted hiciera averiguaciones sobre ella en círculos empresariales o financieros, posiblemente le costaría dar con ella porque su nicho no es algo tangible sino todo lo contrario.

Me imagino, dice el abogado, que me están hablando de un negocio virtual, algo *on line*.

Así es. Se trata de un negocio de marketing de afiliación. Como usted bien sabe, el marketing de afiliación es un modelo de negocio en línea en el cual un afiliado promociona los productos o servicios de una empresa o comerciante en su sitio. Ahora se ha puesto de moda por la influencia de las influencers, si se me permite la redundancia.

Perfectamente.

Pues bien, el negocio da pingües beneficios, como puede usted sospechar, pero estos, de alguna forma, no se consiguen de una forma reglada si como forma reglada entendemos lo que piensa la Hacienda Pública española.

Comprendo.

Y el dinero, como en cascada, va llegando más y más generando un torrente difícilmente reconducible.

Perdone que le interrumpa antes de que ese flujo se convierta en río y nos inunde a todos, dice con sorna el abogado. Pero por qué me cuentan esto a mí y, sobre todo, qué tengo yo que ver con esto.

Verá usted, don Esteban, dice el Barón, nosotros somos amigos de un cliente suyo al que, por ahora, y por respeto a su persona, no es conveniente mencionar. Él nos ha hablado de su persona y de su capacidad innata para organizar lo que mi compañero con tan poco acierto ha relatado como cauce en cascada.

Díaz de Terán sonríe y ha picado. Ha considerado un patán a Pizarro-Peña, y se aferra al barón al que seguramente respetará por su título nobiliario y al que, pensará, será el financiero de los dos y a Pizarro-Peña le ha considerado el *"enterado"* de turno.

Mira con cierto recelo a Peña que permanece, en uno de los sillones, con la carpeta entre las manos, como si portase un tesoro del que no puede desprenderse. Su aspecto, piensa Díaz de Terán, es el del típico administrativo que se encarga de la contabilidad. Un don nadie, piensa.

Toda rueda conforme lo han planeado los tres amigos. Díaz de Terán va dándose por enterado del plan que le proponen y, cuando está a punto de finalizar la exposición y tras comprobar que el abogado está a punto de picar el anzuelo, sueltan el nombre de quien les puso en su camino: don Ildefonso Azuara.

¿Son ustedes clientes del señor Azuara?, pregunta el abogado.

No señor. En realidad, está en las antípodas del nuestro. Su negocio se basa en tangibles. Casas, permisos, cambios de titularidades. El nuestro, por el contrario, son intangibles: marketing, publicidad, marcas comerciales y clientes a los que no conocemos y que, en realidad, son ficticios. Posiblemente ni existan, aunque sí que figuran a la hora de engordar la cuenta de seguidores de sus páginas web o de sus redes sociales.

Comprendo, dice el abogado.

¿Tenían ustedes algún tipo de contacto con su esposa, doña Candelaria?

No. En absoluto. Ya sabemos lo que le ha pasado a la pobre mujer. No hemos querido mencionar el nombre de don Ildefonso precisamente por lo duro que le debe de estar resultando estos últimos días.

Así es, dice el abogado. Pero entonces, cómo es que no sabían nada de ella si está en su misma línea de negocio.

Don Ildefonso no sabía que su esposa estaba tan implantada en las redes. De hecho, nunca nos lo dijo y, como la conocíamos por el nombre de pila y no por su *nick*, no la habíamos relacionado hasta los sucesos que acabaron con su vida. Ahí, en ese preciso momento, supimos que Candy Lamb y la esposa de don Ildefonso eran la misma persona. Cuando fuimos a presentarle nuestros respetos nos dijo que era quien llevaba sus negocios y, también, ayudaba a su esposa en los suyos. El resto, tras conocer por boca de don Ildefonso su capacitación, su enseñanza en esta sin par Universidad y lo bien que nos han hablado de usted en todas partes, nos ha animado a pedirle audiencia y presentarnos aquí.

Está bien, dijo el abogado. Ahora que ya les conozco me podré ocupar de su asesoría. Para ello necesitaré una serie de datos contables y su proyección en el campo de las redes sociales. También sus datos fiscales y, por supuesto, cómo proceder para que esas dificultades, dijo haciendo comillas con las dos manos, fiscales desaparezcan.

Este es don José Pizarro, dice el Barón presentando a Peña, nuestro administrador y contable. Él le podrá poner al tanto de todo y facilitarle aquello que precise. En cuanto a sus emolumentos…

Perdón, perdón, dijo Díaz de Terán, en cuanto a ese asunto yo nunca lo trato en persona. De él se ocupan mis contables. Ellos les harán llegar, una vez que comprueben todo lo que les he pedido, la nota de presupuesto y, si estamos de acuerdo, iremos adelante con nuestra colaboración.

Muchas gracias, señor Díaz de Terán, le dijo el Barón estrechándole fuertemente la mano. Estamos seguros de que esta será la primera de nuestras colaboraciones.

Así lo espero, dijo el abogado mientras se despedía de Pizarro-Peña. Al *contable* Peña ni se dignó mirarle a la cara.

****

Creía que se iba a negar a representarnos, dice Peña. Ha sido un golpe genial eso de darle mantequilla con su profesorado en Oxford, Barón.

Es fácil. Manipular a los presuntuosos es tan fácil como regalarles el oído convenientemente. Ahora, lo primero que tenemos que hacer, es poner al día a don Ildefonso, por si el abogado le llama para preguntar por nosotros. Aunque ya conoce que íbamos a tratar con él, hay que informarle de que la cosa avanza.

CAPÍTULO 17

Han pasado las primeras cuarenta y ocho horas desde que llegaron a Inglaterra. Los dos días se han trasladado los tres amigos a Londres. Saben que aún es temprano para que el abogado Esteban Díaz de Terán haya confrontado su declaración con lo que le informen desde el banco. El director del banco, conchabado con Jato y Balo, le habrá seguido el hilo al ovillo que tan hábilmente había preparado Pizarro. Estas cuarenta y ocho horas han dado de sí lo suficiente para que los tres compañeros hayan recorrido Londres de cabo a rabo.

Han visitado el Museo Británico, donde se han maravillado con el oscuro color de la Piedra Rosseta y sus tallas del año 196 antes de Cristo.

Están escritas, les dice el Barón en tres idiomas diferentes: en el jeroglífico idioma de los egipcios, en demótico, un idioma jeroglífico propio de la casta sacerdotal y en griego antiguo. Pero quiero también, que disfrutéis de los Relieves asirios de la cacería del león. Son unas tablillas de bajorrelieves verdaderamente únicas. Aquí, en este lado están los Frisos del Partenón de Atenas, que recordaréis por la bronca que están dando continuamente con los griegos que quieren recuperarlos. Son de una belleza que quitan el aliento.

¡Anda!, dice Pizarro. Esto es una estatua de la Isla de Pascua, dice señalando un Moai Hoa Hakananai'a, que quiere decir amigo perdido y oculto. Está hecha en basalto y presenta tallas de pájaros y anillos en la espalda. ¿Lo veis?

Salen del *British Museum* y se dirigen a la zona de Coventry, entre Piccadilly Circus y el Soho. Han reservado en el *Happy London*. Allí, entre trago y trago y plato y plato los camareros ofrecen pequeños *shows* que amenizan la jornada.

Al día siguiente han pasado la mañana, como vulgares *marujones* de tiendas en *Harrods*. Han comido en el restaurante del televisivo Gordon Ramsey y se han pertrechado de las maravillas del chocolate hall. El faraónico edificio alberga más riqueza que el mundo egipcio que pretende decorar. El Barón, como no podía ser de otra forma, se ha visto emocionado cuando ha descubierto una planta sólo para ricos. Pizarro, por su parte, ha esperado, pacientemente a ambos, pero, con posterioridad, les ha conminado a que le sigan hasta la tienda de *Liberty*. La más exclusiva tienda de telas que es, además, la más elegante de todos los almacenes de la vieja ciudad. Allí ha comprado dos kimonos estampados que son el no va más de la elegancia del almacén para Catalina y Lola.

Han regresado a Kidlington y se han encerrado en la casa donde viven. El pasear por Oxford les está vedado. No sería descabellado pensar que, si el profesor Díaz de Terán es una celebridad en la ciudad, cualquiera podría darle aviso de que las tres personas que recientemente le visitaron están en la ciudad.

Esto solo lo podría hacer Tomás Peña que es quien se ha quedado como contable del Barón ante el abogado Díaz de Terán, pero no los otros dos compañeros que, en teoría, habían vuelto a España.

****

Al tercer día, y tras despachar con Tomás Peña, el profesor Díaz de Terán y Juncosa decide que ya sabe lo suficiente del negocio y sus sinergias y derivadas.

Puede usted llamar a España a sus dos jefes, le dice, para que vuelvan a entrevistarse conmigo. En lo que a mí respecta, señor Pizarro, le dice a Peña, puede usted volverse a España. Me imagino que estará deseando volver a su oficina en lugar de permanecer en esta aburrida ciudad de la enseñanza.

Llamaré al Barón de San Nicolás y al señor Peña, dice, y con las indicaciones que ellos me den actuaré, si a usted no le molesta.

Por mí puede hacer usted lo que le pluga. Olvidaba que ustedes, los asalariados, no tienen capacidad de decisión.

****

Todo ha salido a pedir de boca, dice Peña. Se ha tragado el anzuelo hasta las branquias. El muy cabrón me ha hablado con un desprecio que no sé cómo me he podido contener.

Estate tranquilo, Peña, le dice Pizarro. Te prometo que te voy a dejar que seas tú mismo quien le diga aquello de: "queda usted detenido".

Ahora, Barón, una vez que firmemos lo que tengamos que firmar tendrás que desaparecer a tu villa de Mutriku. No podemos permitir que esta gente te haga desaparecer, como a Candy Lamb.

Ya sabes que yo, allí, hago una vida tranquila. Mis crucigramas por la mañana, mis arias de ópera, mi Real Sociedad y, los fines de semana, mi txikiteo con la cuadrilla y mi cenita en Ametza.

Una vida de asco, Barón, que yo envidio.

No mientas, Pizarro. Tú tienes una vida elegida. Has podido mandar al cuerno al ministro y te has dedicado a lo que te gusta. Vives cómodamente, con dos bellezas a tu alrededor y comes y bebes todo lo que te apetece.

¿Entre las dos bellezas no incluirás al *Sankris*, ¿verdad?

Pues no, aunque tendrá su puntito. Según se dice cada uno tenemos nuestro público.

Si, Barón. Pero ese público, como dijiste anteriormente de las películas, no es apto para todos los públicos.

CAPÍTULO 18

El profesor Esteban Díaz de Terán y Juncosa citó, para la mañana siguiente, en el gran y elegante comedor del *Merton College* a los tres españoles con los que iba a comenzar una colaboración que presumía larga y beneficiosa para sus intereses. Antes los acompañó a un paseo por las instalaciones del College.

El Merton, les va explicando Díaz de Terán, es uno de los colleges más antiguos y hermosos de Oxford. Su fundación puede datarse en 1260, cuando Walter de Merton, secretario de Enrique I de Inglaterra estableció los primeros estatutos y le dotó del suficiente presupuesto para fundarlo como college independiente. El Merton posee unos edificios medievales y del siglo XVII, incluida la capilla del siglo XIII y unos extraordinarios jardines, como pueden ustedes comprobar, protegidos por la muralla de la ciudad. Tenemos en él, añade Díaz de Terán, un auditorio, cinco salas de práctica musical y una sala de oración multiconfesional.

Ahora verán una de las salas que más me enorgullecen de este College; su comedor, tan reconocible a través de las películas de Harry Potter. Antes de ingresar en el comedor Díaz de Terán les enseñó el despacho donde J.R.R. Tolkien, además de preparar sus clases de Lingüística, debió escribir y corregir sus dos más emblemáticas obras: *El hobbit* y *El señor de los anillos*.

Acabado el tour, en el que todos pudieron admirar el college y alabar el sistema educativo de Oxford, pasaron al comedor donde les ofrecieron una suculenta comida inglesa a base de un puré de guisantes y un trozo de carne sanguinolenta mezclada con un batiburrillo de nabos, zanahorias y otros tubérculos difícilmente reconocibles.

Pasado el amargo trago de la comida, nuestros españoles solicitaron, por fin, el resultado de la investigación que el profesor Díaz de Terán había realizado de sus empresas y de su estado financiero. El abogado les felicitó y, dijo, especialmente al señor Pizarro por el estado impecable de la contabilidad financiera.

Poco a poco fue desgranando cómo iba a realizarse la transformación de todo el capital en una cuenta numerada en la Isla de Man y cómo pensaba disimular la ingente cantidad de dinero en un fondo a base de una cuenta *offshore* –traducido literalmente como alejado de la costa o ultramar-, un fondo *vulture fund o holdout*, que en España conocemos como fondo buitre y que, como muy bien explica la RAE son fondos de inversión de carácter especulativo que compra deuda o activos de empresas o instituciones en graves dificultades económicas.

Pero estos fondos no gozan de mucha simpatía, ¿verdad?

Así es.

¿Y son seguros?

¿Ha visto usted, en algún documental, que un buitre sea acosado por nadie?

No, barón, el fondo buitre es peligroso, tan solo, para la empresa en situación de crisis. Ahí es donde estos fondos, con una inversión a largo plazo, se ceban y se alimentan.

Luego tenemos también la posibilidad de un fideicomiso. Este es un antiguo instrumento legal británico en el que ustedes ceden el control de sus bienes a alguien para que lo administre en beneficio de un tercero. Por ejemplo, el Barón cede su dinero a un intermediario en la guarida fiscal, o paraíso, como dicen en España, en beneficio del señor Peña. Luego, naturalmente, esta cesión se asegura con el correspondiente seguro de devolución. Y, finalmente, a través de sociedades caritativas o fundaciones.

Está muy bien, dice Pizarro que actúa como Peña antes de soltar la pregunta que llevan preparada de antemano, pero en nuestro caso, en particular, cómo lo podemos hacer.

Les puedo ofrecer una línea general de actuación. No significa que vaya a ser exactamente así, debemos todavía asegurar la salida de la liquidez, el cambio de propiedad de distintos bienes muebles, etc. Pero para su tranquilidad les diré, así por encima, que los bienes y el dinero del Barón, que es en realidad nuestro cliente ¿no es así, señor Peña? Será quien resulte beneficiario de nuestro asesoramiento.

Sí, dice Pizarro bajando la cabeza como si le hubieran descubierto en algún error.

¿Creen ustedes que no me iba a enteran de que usted, señor Peña, es en realidad el asesor financiero del Barón?

Lo siento, profesor. Me ha descubierto. Yo no puedo, por mi posición que se debe al secreto bancario y a la lealtad a la firma que me sigue pagando, colaborar en este asunto. Si no le hemos dicho la verdad de mi actuación ha sido más por este asunto que no por ocultárselo.

Lo comprendo, señor Peña. Y le honra, pero si queremos tener la confianza precisa para acometer esta operación debemos de ser todos claros y transparentes.

Vuelvo a disculparme. Y a partir de ahora todo irá por esos cauces de confianza.

Muchas gracias, dice Díaz de Terán. Como les decía, en su caso, parece lo más oportuno contactar con una tercera persona en la Isla de Man que actúe como testaferro. Si ustedes no tienen alguien de su confianza yo mismo, tengo a la persona adecuada. Viene trabajando para mí desde hace tiempo. Usted, Barón, será quien ceda sus valores, sus propiedades y su dinero a este testaferro. En paralelo hacemos una compraventa del testaferro a usted, con unos días, naturalmente, para que no parezca un alzamiento de bienes.

Posteriormente, y si le parece, podemos crear un entramado financiero con distintas empresas en ruina y coptar a sus accionistas en una venta beneficiosa para nuestros intereses. Es lo que llamamos un fondo buitre. Como la inversión será a largo plazo, otra parte de sus bienes nos servirá para ir lavando su dinero con empresas legalmente constituidas que serían administradas por su hombre de barro, o testaferro.

¿Qué les parece?

¿Y esto nos asegura que, pasado un tiempo, podríamos rescatar el dinero ya limpio y recuperarlo en España?

Si tiene usted interés en que le roben más de la mitad del dinero a base de impuestos, es muy libre de hacerlo, pero yo creo que cuando usted vea que su dinero está seguro, y que Hacienda no le mete la mano en la cartera mediante un sencillo cambio su residencia a este paraíso y ser un hombre nuevo, dudo mucho que quiera volver a un sistema impositivo como el que nos sangra en España.

¿Y lo referente a la fundación, qué le parece? Porque a mí me gustaría dejar algo de dinero en España pero que ese dinero no pueda ser manipulado y engullido por Hacienda.

Puede hacerse fácilmente. Tenga en cuenta que las fundaciones disfrutan de la exención total de ciertas rentas y la tributación reducida al tipo del 10% para las rentas no exentas. A la vez se les permite acumular rentas y patrimonios sin coste fiscal o con un coste fiscal reducido y, como es natural, le permite vivir en un país donde usted pasará de ser un evasor a un ciudadano ejemplar que podría, incluso, donar cierto dinero o algún equipo médico del que no se dispone en la Seguridad Social española desde la Isla de Man y quedar ante la opinión público como un ejemplo de ciudadano intachable. No sería usted el primero, claro.

Usted, en España, habría creado un fondo dinerario a base de pequeñas aportaciones mensuales disfrazándolo de plan de pensiones. Así puede disimular el pequeño ingreso que se concedía como salario en España. El resto del dinero estaría así, tranquilamente, en la Isla de Man y usted sólo sería responsable, fiscalmente de ese pequeño salario donde Hacienda se engancharía como el tiburón que es.

Pues por mi parte adelante, dice el Barón, si es que al señor Peña le parece bien.

Sí, dice Pizarro. Me parece correcto. ¿Qué opina usted, Pizarro?, le dice Pizarro a Peña, que actúa como administrador del Barón.

Lo que ustedes digan. Yo me circunscribo al balance y dejo las inversiones para ustedes.

Entonces, si les parece, aprovecharemos este fin de semana para dejar firmado todo el papeleo y podrán dar ustedes una vuelta por Londres. Ahora, con esto del Brexit está mucho más *british*.

No va a poder ser, profesor, dice el Barón. Nosotros nos marcharemos una vez firmados todos los documentos. Yo tengo que acudir al cumpleaños de María Luisa, mi esposa, que es este mismo día 10 de abril.

Entonces, si les parece, mañana mismo firmamos todo y pueden volverse para España con la conciencia, y la cartera, a salvo.

Todos rieron y se despidieron hasta el día siguiente.

CAPÍTULO 19

Sankris ha salido atropelladamente del gimnasio. La reunión de Germán Carazo y Tuby con el abogado Díaz de Terán no entraba en sus planes. Ha preguntado qué hacía allí a los dos calvos que se han colocado a ambos lados de la puerta del despacho y estos no le han contestado. Ha telefoneado a Pizarro y este le ha dicho que se coloque donde no le puedan ver y le informe de qué camino toma el abogado, en caso de que no vayan juntos al salir. El objetivo, le dice Pizarro, es el abogado. A los otros los tenemos controlados con Requena y Sobreviela.

Pizarro, en paralelo, llama a sus dos excompañeros que confirman que están apostados en la entrada del gimnasio. No le han dicho nada del abogado pues ellos están vigilando a Germán y Tuby.

Si estos dos se van por distintos caminos seguid uno a cada uno de ellos. Es necesario saber si se juntan después o llevan misiones distintas.

Sankris vuelve a entrar en el gimnasio. Ahí siguen los dos calvos guardando el acceso al despacho. Se va a la zona de pesas y le hace un gesto, con la cabeza, a la diosa de la nariz insaciable. Ésta, al ver cómo el *Sankris* la llama sonríe, golosa, pensando en su polvo de estrellas mágico.

Sankris la recibe en el vestuario masculino, que ahora está vacío. En realidad, lo está siempre, desde que las clientas se han quejado porque los clientes varones se pasan el día mirándolas el culo. Germán Carazo, ha visto el cielo abierto para sus conquistas y ha decidido que, salvo *Sankris* que le facilita todo lo que le hace falta para mantener contentas a sus conquistas y sus dos guardaespaldas, que tienen prohibido mirar a las divas, toda la clientela se limite a señoras. Ahora ha bautizado a su gimnasio como *Fit Woman only* y, desde que lo ha hecho, no dejan de entrar nuevas clientas.

¿Qué está pasando en el despacho de Germán?, le pregunta *Sankris* mientras golpea en su mano izquierda una bolsita de papel que contiene aquello que la bella desea.

No lo sé, *Sankris*. Te lo juro.

No necesito un juramento, Carla, necesito información. Esto que ves aquí se mueve en base a la información que yo recibo. De lo contrario se queda con papá.

No seas cabrón, *Sankris*. Enróllate, por favor.

Te voy a dejar esta bolsita. Si te enrollas tú, te la multiplico por 3 ¿Entendido?

Ahora me paso por el despacho. A ver qué pillo.

****

El despacho de Pizarro se encontraba en la Gran Vía, en el edificio del antiguo cine Coliseum. Lo componía una vieja mesa con dos cajones. Uno de ellos tenía suelto uno de los tornillos del tirador y no cerraba bien, seguramente porque con alguna humedad se hinchó la madera. También había una mesa giratoria de cinco ruedas, un perchero de madera encontrado por Lola en la basura y restaurado convenientemente, dos sillas Thonet de la misma procedencia, algo desvencijas usadas como de confidente y un calendario de la Caja Rural del año en curso. También colgaba de la pared, sobre la cabeza de Pizarro cuando se sentaba, una foto dedicada de José Legrá, el Puma de Baracoa, en guardia bajo la atenta mirada de Kid Tunero, su preparador.

Encima de la mesa un añoso ordenador con un todavía más caduco sistema operativo y una balda recuperada de alguna casa en la que se podía ver algunos libros de lance por su aspecto.

Al fondo, y disimulado tras el perchero y un viejo radiador de hierro, un armario bajo con puerta de fuelle y una cerradura donde guardaba sus más preciados tesoros: su leal Glock 19, de quinta generación y una botella a medio gastar de DYC de ocho años. La botella antigua, por supuesto. Rectangular, y con sus pequeñas protuberancias, que rellenaba con la más vulgar que hacen ahora.

Joder, jefe. Este despacho da pena verlo ¿No quieres que me encargue de redecorarlo?

No, *Sankris*. Me gusta así. Y menos conociendo de dónde salen los muebles que quieres poner.

Es un *bisnes* que tiene el *Ninchi* con un colega que curra en el IKEA de Alcorcón. Te los saca por menos de lo que te cobra el rumano que te los transporta.

No quiero nada que sea robado. Ya lo sabes.

Pues siento enormemente que su Alteza Real tenga que tratar con la plebe, terminó el *Sankris*.

****

Catalina y Lola han regresado de su *tarde de chicas*. Pizarro ha ido a San Cristóbal para encargarle a *Sankris* y al *Ninchi* un trabajito. Tienen que conseguir, junto al *Lupas*, el acceso al despacho del abogado Díaz de Terán. Tenéis que enteraros, primero, si tienen algún tipo de alarma. Esta gente tiene todo tipo de controles, no es como el trabajo del gimnasio que era abrir y marcharse.

Tranqui, jefe. El *Lupas* se las sabe todas. El otro día hicimos un *bisnes* en...

Chist Sankris, no quiero saber nada de lo que hagáis como autónomos. Cuanto menos sepa menos líos me buscaréis con la policía. A mí lo único que me interesa es el curro que yo os encargo.

No pasa *na*, jefe. Te iba a contar que el otro día tuvimos que entrar en una casa y el *Lupas* se cameló al portero con una labia que parecía un *diputao* de esos de las tertulias. Se enteró de todo lo que había en la *kely* y que no tenían alarma. Lo pudimos hacer en plan Clint Easwood en *Poder absolutista*.

Absoluto, *Sankris*, que cada día te pareces más al Higuero.

Yo me entiendo, jefe.

No, si el Higuero también se entiende. Quien no le entiende la mitad de las veces soy yo con tanto cambio de palabras.

Entonces, está todo claro.

Níquel, jefe. Nos vamos los tres hasta la *kely* del picapleitos y le retratamos todos los papeles que encontremos, ¿no?

Eso, y os quedáis allí a vivir. ¡Cómo vas a fotografiar todos los papeles!, ¿sabéis cuantos papeles tiene un abogado de estos? No. Lo que tenéis que fotografiar es la carpeta en la que venga nuestro asunto. Estará a nombre del barón de San Nicolás. Cogéis todo lo que tenga allí y lo fotografiáis. Nada de hacer fotocopias. Y, sobre todo, y por encima de todo, hay que dejar, exactamente, la carpeta donde estaba, teniendo especial cuidado en que vaya detrás de la que estaba cuando la cogéis. ¿Entendido? Eso es fundamental.

Vale, jefe. Que ya le había entendido a la primera.

Pero es que quiero que de eso te encargues tú, *Sankris*. El *Lupas* se tiene que dedicar a fotografiar todo y el *Ninchi*, bueno, el *Ninchi* mejor que no toque nada. Seguro que si toca algo lo pierde o es capaz de llevárselo y joder luego la marrana.

Al *Ninchi*, jefe le vamos a dejar en la puerta, para dar el agua, por si viene la madera o la basca del picapleitos.

Me parece bien. Lo mejor es que el *Ninchi* no suba a la casa.

****

¿Pizarro?, dice Catalina al teléfono.

Sí. Dime.

¿Se puede saber dónde estás? Me ha llamado Jato porque dice que no le coges el teléfono nunca.

Es que lo tenía en modo avión. Ya sabes que me molesta que esté todo el día sonando.

Ya, pero al menos, cuando dejes de hacer algo tan importante como evitar la invasión rusa en el Dombás, podías volverlo a conectar.

No te pongas así, mujer.

Es que es verdad. Para que no te suene a ti el teléfono estoy yo todo el día como Carmen Abenoza en la centralita.

Bueno, qué, ¿habéis vuelto ya?

Sí. Hemos ido de tiendas y no te imaginas a quien hemos visto.

Si no me lo dices…

Al general Espinosa. Me ha dicho que Jato le ha pedido que haga un seguimiento de ciertos papeles falsificados que han editado a nombre del barón de San Nicolás.

Será cotilla…

No, hombre. No me ha dicho nada más. Tan solo eso. Yo he pensado que tú sabrías algo. Por eso me lo ha contado, pero ni yo he preguntado ni él se ha extendido sobre el asunto de esos papeles.

Mejor así. Es una cosa que no está muy clara y que una fiscal no debe conocer.

****

Sankris, *Lupas* y el *Ninchi* llegan al edificio donde tiene su despacho el abogado Díaz de Terán. Es un edificio alto, con una conserjería en la que hace de *perro de los Baskerville* un guarda jurado alto, de casi dos metros; una pinta que no se aleja mucho de la del *Ninchi*. El *Lupas* se ha acercado y le pregunta si en el edificio existen, en la actualidad, despachos de alquiler. El vigilante jurado apenas responde con un "me imagino", que no deja lugar, a la charla. El *Lupas* sale de nuevo a la calle y les dice a sus colegas que hay un problema con el vigilante. El *Sankris* entra en la casa y, después de diez minutos, sale con toda la información.

Ya está, dice. El *menda s'ha enrollao dabuten* proclama en ese idioma de contracciones y madrileñismos. Es un colega del barrio, dice. Me ha dicho que el menda no tiene más que una alarma de esas de las que se ponen en Internet. Si salta, le llama la empresa a él. Eso nos da un tiempo si es que no consigues saltarla, *Lupas*.

No es difícil, pero bueno es saber que tenemos cobertura en caso de lío. ¿Y nos deja pasar tan pancho?

Bueno, algo le tenido que dar para que se entretenga esta noche, dice haciendo una señal pasándose el dedo índice bajo la nariz.

Suben *Lupas* y *Sankris* mientras que el *Ninchi* queda enfrente del portal para dar aviso en caso de que aparezca alguna dificultad.

Manipula *Lupas* con cuidado el pomo de la puerta que tiene, en su centro, la bocallave. Una vez que suena el característico sonido de apertura, entran y *Sankris* se dirige al cajetín de la alarma y toca en cuatro de sus teclas. La alarma, milagrosamente, se para.

Lupas le mira con extrañeza. ¿Cómo lo has hecho cabronazo? ¿Tenías la clave?

Busca en el archivador nuestra carpeta y vamos a fotografiarla. Cuando menos estemos por aquí mejor para todos.

El *Ninchi* se fija en la ventana del despacho. No tiene las persianas bajadas y, con cada fogonazo del flash se ilumina el interior de las ventanas.

Cagoenlaputa, dice el *Ninchi* mientras echa mano del teléfono. No ha tenido apenas tiempo. Un cuchillo de cocina se clava en uno de sus costados. El asesino, uno de los guardaespaldas de gimnasio, gira su muñeca levantando el cuchillo dentro del cuerpo del *Ninchi* que cae, en medio de un gran charco de sangre oscura, en el quicio del portal desde donde vigilaba.

Los dos sicarios entran en el portal, pero son detenidos por el vigilante quien, con la defensa, se enfrenta a ellos. Quita de ahí, hostias. Que tenemos que subir a por los que están robando en el despacho del señor Díaz de Terán.

¿Y quiénes sois vosotros? A ver. Tirad para la puta calle. No os quiero por aquí.

Uno de los calvos se echa para adelante. El otro intenta rodear al mastodonte. Este, con una patada certera en la cabeza le deja tieso a sus pies. El otro calvo, sorprendido, trata de escapar. El vigilante tiene tiempo de golpearle en la cabeza. Un chichón del tamaño de un huevo comienza a crecer sobre una de sus orejas. El vigilante avisa al *Sankris* que ya ha fotografiado todo el contenido de la carpeta.

A este, le dice al vigilante, al fiambre, nos lo llevamos nosotros. Llama a la policía, le dice el *Sankris*. Diles que el otro ha intentado entrar y te has defendido y le entregas el cuerpo inerte a la madera. A mi colega y al otro muerto nos lo llevamos nosotros. Te debo una colega. No me voy a olvidar de ti. Cuando quieras algo, todo lo que sea, te pasas por el Vietnam y te lo apaño. ¿Estamos?

Estamos, *Sankris*.

¿Y ahora qué vamos a hacer con el *Ninchi*?, pregunta su compañero.

Tranqui, *Lupas*. Este menda ya ha hablado todo lo que tenía que hablar en su vida. Ahora lo importante es colocar al *Ninchi* en el barrio, dejarle algunas papelinas en el bolsillo y colocar al calvo el cuchillo que llevaba, igual al del otro calvo, mojado en la sangre del *Ninchi*. La madera lo cierra, seguro, como un ajuste de cuentas.

****

No quiero saber qué ha pasado, dice Jato a Pizarro.

Pues no preguntes.

No, si no pregunto. Pero canta mucho. Los dos guardaespaldas del gimnasio muertos, el uno de una patada en la cabeza y el otro acuchillado y el camello de ellos, colega del *Sankris* también asesinado. Y todo ello en la puerta del abogado con el que andáis en tratos extraños.

Pero no se pueden relacionar. El *Ninchi* y uno de los calvos han aparecido en San Cristóbal de los Ángeles y el otro en el centro de Madrid. Es pura coincidencia.

No me vaciles, Pizarro. Te lo pido por favor.

Pues no preguntes. Has dicho que no quieres preguntar. Déjalo estar y que tu comisario nuevo se devane la sesera buscando la conexión entre uno y otro muerto.

Además, el *Sankris* estaba con nosotros. Tiene una coartada perfecta.

****

El comisario Jiménez Ortiz lleva la investigación sobre los dos cadáveres y el del *Ninchi*. Han sido vistos, los tres, en el gimnasio de Germán Carazo, pero este no sabe el motivo de las visitas del *Ninchi*. El comisario Jiménez Ortiz es consciente del motivo de estas visitas. El *Ninchi* era un camello y a los dos calvos se les ha encontrado en la autopsia signos físicos de consumo de estupefacientes.

Cierra la investigación, aunque le da en la nariz que no es oro todo lo que reluce en la aparición de los tres cadáveres. Nadie de entre las clientas ha sabido declarar qué era lo que hacía un pequeño camello entre aquellas paredes. Además, el único que podría aportar algo tenía una buena coartada.

No puede, por tanto, y sintiéndolo mucho tiene que cerrar el caso en falso. No obstante, se dice, esto no termina así.

CAPÍTULO 20

¿Tenemos todo?

Sí, jefe.

Esta tarde te quiero ver, junto al *Lupas* en el entierro del *Ninchi*. Jiménez Ortiz es perro viejo y estará, en la distancia, vigilando todo. No parecería normal que un colega de toda la vida no acuda al entierro.

Tranquilo, jefe. Estamos en ello. Yo, por si acaso, ya no vuelvo al gimnasio ni, aunque me den para un jamón.

Ni se te ocurra, *Sankris*. Si hay alguien al que no han convencido nuestras explicaciones es a Germán Carazo. Este es, además, mal enemigo. Ya puedes tener cuidado porque va a ir a por ti.

A eso no le tengo miedo, jefe. Se lo tendría si no estuviera preparado, pero en mi barrio le tengo de frente y ahí sí que no temo a nadie.

Por si acaso estaremos en contacto a través del Vietnam. Yo llamaré al teléfono del *Vietnamita* porque puede ser que tengamos los móviles pinchados. Lo haré desde el de Catalina. Tú tienes su número, ¿verdad?

Si, jefe. Tranqui.

Procura no usar el tuyo, por ahora, para comunicarte conmigo. Con el *Lupas* y con tus colegas puedes hacerlo. Es más, deberías hacerlo como si nada hubiera pasado. Si lo tienen pinchado se mosquearían si no llamases. Pero ni a mí, ni al resto de mi antiguo equipo, ¿estamos? Esto también vale para Lola. No nos interesa que relacionen a Lola contigo o conmigo, la estaríamos poniendo en peligro.

Ni por el forro, jefe. Que el *Sankris* no es un bocas ¡Cómo se me iba a ocurrir implicar a la *guapi*!

****

La secretaria del profesor Esteban Díaz de Terán y Juncosa llamó al Barón de San Nicolás convocándole en Oxford para el fin de semana siguiente.

El Barón, que llevaba un tiempo esperando la llamada, arguyó una cita ineludible y lo retrasó una semana. No era conveniente, señor le dijo Pizarro, que el abogado creyese que el Barón estaba desesperado por una solución.

La secretaria volvió a llamarle para confirmar la cita para el siguiente fin de semana.

¿Necesitarán un hotel?, preguntó la secretaria.

No se preocupe mi administrador está en ello, le dijo el Barón.

****

Pizarro ha encontrado el hilo del que tirar.

Tenemos lo primordial, el motivo por el que merecía la pena que Candy Lamb muriera: su dinero. Ahora nos falta buscar las pruebas de su asesinato. El que su abogado y su círculo cercano se beneficiara de su dinero no implica, necesariamente, su asesinato. Hay que encontrar al asesino. Y creo que hemos dejado un hilo del que tirar; las otras influencers. Está claro que tanto el entrenador, como el webmaster, como el propio abogado eran quienes se beneficiaban de su dinero, pero ¿quiénes, además, se beneficiaban de su muerte? ¿Podrían ser sus rivales que quitando competencia podrían escalar los peldaños precisos de la influencia? ¿O, por el contrario, podría haber sido alguno de los asistentes varones que, de esta manera, se aseguraban el silencio de la víctima de esta estafa múltiple? Tenemos que descubrir e interrogar a las influencers.

¿Y cómo saber quiénes eran?

La empresa organizadora emitía invitaciones, por tanto, tendrá que tener una relación de invitados.

****

Luxury Event Management Company es una compañía que se dedica a la organización de eventos. Esto de llamar eventos a cualquier cosa, sea programada o no, tiene su aquel. Según el DRAE un evento es una eventualidad, hecho imprevisto, o que puede acaecer y, no parece, que la Luxury deje las cosas al albur. La empresa está radicada en un extrarradio de Madrid. El edificio en el que tiene sus oficinas ha conocido tiempos mejores. No parece que algo que se nomina como Luxury tenga desconchones en las paredes y humedad en las propias oficinas, pero así está, en estos momentos, el mundo del lujo en la capital.

Luxury se compone, principalmente, de un gerente, al que llaman CEO, ya saben, *Chief Executive Officer*, en su denominación inglesa. Lo que aquí, toda la vida, se ha llamado jefe, entre el pueblo, o director, en las capas altas de la atmósfera.

También tiene dos *event planner* o secretarias que cogen el teléfono, atienden a los pocos visitantes y hacen el café al CEO.

Pizarro le ha preguntado a Jenny a qué se dedica Luxury por ver si, el plan que él tiene para proponerles se ajusta a su interés.

Jenny le explica a qué se dedica Luxury con un lenguaje muy moderno y funcional. Le dice que el mundo de la organización de eventos es emocionante y lleno de desafíos y que ella, en Luxury ha encontrado un mundo indescriptible de eventos tanto sociales como corporativos.

Mientras le suelta el argumentarlo que su CEO les ha impreso en su ADN Pizarro va pensando en qué carajo tiene que ver esta covacha con el mundo etéreo y fugaz del lujo.

Me imagino, dice Jenny, que por su edad usted busca la organización de sus bodas de plata. Pues bien, no tiene por qué complicarse la vida. Nosotros desde el mismo día en que usted firme su contrato, coordinaremos y controlaremos cada instante para que todo sea un éxito y sólo se dedique a estar con los suyos sin preocupaciones ni imprevistos.

Luxury trabaja en optimización de ventas; Comunicación interna; *Up selling-cross selling*; Personalización y creatividad en los eventos; *Decoración*; *Atención al cliente* o *El valor de la sonrisa* entre otros.

Nuestro lema finaliza Jenny su perorata es: creando experiencias memorables.

Qué bien te lo sabes, Jenny. Pero qué es eso del Up *nosequé*.

¿Lo de Up selling-cross selling? Todo el mundo lo pregunta cuando acabo de contar nuestros servicios. Es una estrategia de ventas que busca generar interés en los consumidores por adquirir productos adicionales a los de su compra principal.

O sea, acabar por sacarles la pasta con otras cosas, ¿no? Pues sí.

Gracias, Jenny. Pero te voy a decir una cosa, si con treinta y nueve años recién cumplidos tengo que organizar ya las bodas de plata los langostinos van a oler a bórico desde diez kilómetros a la redonda.

Jenny, como es natural, no se ha dado cuenta de que ha metido la pata. Ella, la pobre, qué va a pensar. Ella se ha limitado, tal y como le ha dicho su CEO a largar por esa boquita de piñón, recién recauchutada y misteriosamente igual a la de Julia Roberts, todo lo que él le ha enseñado.

Verás, Jenny, yo lo que busco es información. Recientemente he estado en un evento que había organizado Luxury Event Management Company y en el que coincidí con un grupo de amigos a los que, desgraciadamente, porque hubo un accidente y murió una persona, no me pude despedir de ellos, ni intercambiarnos móviles para quedar para otra ocasión. Me gustaría, porque seguro que tu CEO te lo ha encargado a ti, que eres la event planner favorita de él, la lista de asistentes. Si te es posible, dentro de tus muchas funciones, ¿me podrías facilitar la lista o decirme, tan solo, si la tienes en tu ordenador para comprobarla?

Uy, dice Jenny, eso no va a ser posible. Estamos obligados por la Ley de Protección de Secretos a no dar datos.

Es al revés, Jenny, cariño. Se dice que por la Ley de Protección de Datos éstos son secretos. La Ley de Protección de Secretos, según vemos con las instrucciones judiciales, aún está en trámite de corrección.

¡Ah!, es usted abogado. Se le nota a la legua.

Eso es, Jenny. Ves como tu CEO te tiene en palmitas por lo lista que eres...

El caso, caballero, es que no se la puedo enseñar. No es que esté en el ordenador, que se tocaba una tecla y se busca. Los listados de los invitados están en este archivador y la llave la tiene mi CEO.

Claro, dice Pizarro. Qué le vamos a hacer, Jenny. Me podrías decir, al menos, cómo se llamaba el evento.

Eso sí, porque la Ley de Secretos no lo impide.

Eso, le dice Pizarro. Es que es una ley muy abierta.

Se llamaba *Spring Fest de Veuve Clicquot*. Fue una fiesta muy chula, dice Jenny. Lo malo fue lo de la loca esa de la influencer que se tiró desde el ático del local.

Yo estaba en ese momento saludando a los allí presentes. Era muy amigo de Candy Lamb y por eso quería saber los nombres de los que estaban allí, para preguntarles qué tal les fue.

¡Ay, pobre!, que mal lo debió pasar. Es una faena ir a un evento y acabar con un mal rollo así.

Y tanto, Jenny. Entonces ¿no me puedes informar?.

Ains, es que me mola mucho decírselo, pero es que no tengo la llave, ¿sabe? Pero si me deja usted su teléfono, cuando venga Vladimir, mi CEO, lo busco y se lo cantó por teléfono. ¿Le parece?

Me parece, Jenny. Y te lo agradezco mucho.

Gracias, caballero, dijo Jenny inclinando la cabeza para que la cascada morena de su cabellera rozase el rostro de Pizarro. Mientras, su mano derecha, una mano joven y firme, se acercó a la mano de Pizarro. Este observó las uñas de Jenny, largas y afiladas como una garra, con las uñas de dos colores y pequeños brillantes pegados a la misma. Era una mano que no estaba hecha para manualidades, sino para que relucieran sus brillantes bajo la luz fosforescente de los eventos que organizaba Luxury.

Ya sabía yo que tú eras una profesional como la copa de un pino, Jenny. El día que venga a lo de mis bodas de plata le diré a Vladimir que eres la mejor *event planner* de todo Madrid.

Jenny dejó desmayar sus pestañas y sonrió, coqueta mientras le deslizaba a él, su número privado de teléfono.

Te llamaré, Jenny. Primero para saber quiénes eran los invitados y, después, para galopar la noche bajo la luna de plata. A Jenny se le inundaron de lágrimas sus bellos ojos y a Pizarro casi le da la risa pues creyó que esta última frase era del toro *enamorao* de la luna.

Pizarro se marchó tras dejar su tarjeta a Jenny. Mientras marchaba en busca de su coche, que había aparcado a cuatro metros del edificio, se volvió y se quedó mirando el mismo. Si algún día me caso, ya sé a quién no tengo que encargar mi boda.

CAPÍTULO 21

A primera hora de la mañana, de una mañana primaveral, hermosa y cálida, con el cielo límpido, de un azul infinito y el sol asomando por la tapia del cementerio de Carabanchel, una fila de penitentes seguía, en silencio, el coche que transportaba el cadáver del *Ninchi*. A la hora del responso uno a uno se miraba a la cara con extrañeza. El oficiante había llamado al *Ninchi* Rodolfo. ¿Quién era Rodolfo?, se preguntaban en silencio. Rodolfo era, naturalmente, el *Ninchi*. Ese era su nombre que, jamás, se había pronunciado para llamarlo o para anunciarse. Nadie en el barrio sabía que su nombre era Rodolfo. El sacerdote acabó con sus rezos y el coche volvió a tomar la senda de los nichos provisionales.

El cuerpo sin vida del *Ninchi* fue acomodado en uno de ellos tras haber sido velado y conducido por el Ayuntamiento pues, y ahí estaba lo cruel, un joven de apenas una veintena de años no tenía padre o madre. Tampoco hermanos, que se supiera. Lo más parecido a un familiar del *Ninchi* era el *Sankris.* Y allí estaba él, junto a su amigo, acompañándolo hasta su última morada. Tras él el resto de compañeros del bar Vietnam; *Lupas* y el ex comisario Pizarro, acompañado de Lola, la hermana de Catalina Pastrana, la fiscal novia de Pizarro. Lola, en realidad, acompañaba al *Sankris*, con quien había iniciado una extraña relación.

Tras el entierro los amigos del difunto se evaporaron tal y como habían aparecido, sin hacer ningún tipo de rito o alharaca. Nadie recibió el pésame y, tan solo Pizarro y Lola, se acercaron a *Sankris* para interesarse por su estado.

Estoy bien, jefe. No te preocupes. Ahora el *Ninchi* descansa por fin. Le ha pillado joven la muerte pero aquí, en nuestro barrio, no es extraña una muerte joven. Aquí la vida es más corta que en el resto de la ciudad. Y no es extraño. A fin de cuentas, somos carne de cañón, se lamentaba. Pero esas son las cartas que nos han repartido desde que nacemos y no nos queda otra que jugar con ellas.

Ahora, *Sankris*, le dice Pizarro, no toca otra que apechugar y esperar a que se solvente la investigación de su muerte y encontrar a los culpables.

¿De verdad no me estás vacilando?, jefe. ¿De verdad me estás dando a entender que no sabes quién ha sido el que ha dado la orden de dar pasaporte al *Ninchi*?

No tenemos pruebas, *Sankris*. No podemos hacer otra que investigar y encontrar las pruebas que incriminen a quien lo llevó a cabo. Si hay algo que podamos hacer, lo haremos, pero no podemos tomar la justicia por nuestra mano. O seremos como ellos, *Sankris*. Nada nos diferenciaría de quien ha matado al *Ninchi*.

Mira, jefe, te lo voy a decir solamente una vez. En mi barrio hay una realidad. Es la que hay y no hay otra. Aquí, el que la hace, la paga. Para bien o para mal. Ya sé, que, en vuestro mundo, ese tan bonito de Ley y Orden que echan en la tele, hay que esperar a que la fiscalía y la policía ponga orden y detenga a los malos. En nuestro mundo no; en nuestro mundo el que da, recibe como respuesta y santas pascuas.

Lo que te quiero decir, *Sankris*, es que ahora ya no estás todo el tiempo en tu barrio. Ahora perteneces a ese mundo y al resto. No puedes tirar todo por tierra por una venganza. Para eso está la Justicia.

No, jefe. La justicia, en mi barrio, la aplicamos nosotros. Y es justicia legítima. Ojo por ojo, como dice la Biblia.

¿Y desde cuando le haces tú caso a la Biblia? Por favor, *Sankris*, esto no es una película de John Wayne, donde si se llevan a tu sobrina vas y matas a todos los indios. Aquí y ahora hemos avanzado y ya no tenemos que andar con la quijada matando hermanos por lentejas, como tú decías antes de citar la Biblia.

****

Pizarro se acercó hasta la comisaría. Estaba seguro de que su visita no iba a ser del agrado del comisario Jiménez Ortiz. Pero su interés estaba, precisamente, en provocarlo para ver si desviaba la atención del *Sankris* hacia él.

¡Hombre, Higuero!, qué tal por la recepción. ¿Mucho inquilino?

Hay de todo, comisario. Aquel, por ejemplo, se ha encontrado en el retrete de una disco a un muerto por sobrediócesis.

Sobredosis, Higuero.

Yo me entiendo, comisario.

Y ya sabes que no soy comisario. ¿Está Jiménez Ortiz arriba?

Sí que está, pero yo que usted no subiría. Lo tenemos amansándolo. Si le ve a usted va a echar espumarajos por la boca.

No se lo digas a nadie. Pero es lo que busco.

Pues ánimo, ahí lo tiene...

CAPÍTULO 22

El abogado Díaz de Terán ha telefoneado a Germán Carazo, el dueño del gimnasio. No ha querido acercarse porque, según le ha llegado un soplo desde la comisaría, sabe que le están siguiendo. Le pillaron hace unos días en el gimnasio y, por lo tanto, saben de la conexión que tiene con Carazo y con Toby.

Necesito, Germán, que quemes todas las naves. Es posible que tengas que vender el gimnasio y reinventarte nuevamente, en algún otro sitio.

¿Y eso por qué?, si puede saberse.

Sí que se puede saber. Porque uno de los tres hombres que vinieron hasta Oxfordshire para entrevistarse conmigo era un excomisario ahora metido a detective privado. Se hacía pasar por Peña y este, a su vez, se hizo pasar por Pizarro que era el nombre que le adjudicaron.

Vaya, que por fin alguien le ha tomado el pelo al gran abogado don Esteban Díaz de Terán y Juncosa.

Ahí está el problema para él y para ti y tu nuevo negocio. Que nadie, en su vida, se ha burlado de mí. Ahora me toca a mí mover pieza y no van a saber de dónde les vienen los palos. Pero para hacerlo debo tener una coartada y esa coartada va a ser alejarme de Madrid. El asunto lo vas a tener que llevar a cabo tú y, por la cuenta que te tiene, no podrás fallar.

Yo me voy a la finca que tengo en Jarandilla de la Vera. Allí estaré con diversas personas que testificarán, en cualquier caso, como que estaban allí conmigo. ¿Entiendes? Tú tienes que encargarte de ese investigador privado.

Pero Esteban, que ese investigador es nada más y nada menos que un comisario de policía que se las ha tenido tiesas con el mismo ministro del Interior, al que casi le cuesta el ministerio. Es uno de los policías más valorados de España. Como alguien se lo cargue le van a buscar hasta en la rotonda del cielo. ¿Tú sabes lo que me pides? Sí, y no pensaba que te iban a entrar esos miedos.

No son miedos, Esteban. Es prudencia. Es como si quieres que me cargue al puto jefe de la UDYCO. A esta gente no se la mata. Y si se la mata ya se puede el autor dar un tiro en la sien antes de que lo pillen.

En paralelo le encargó a Tuby que borrase cualquier pista de Internet que pudiera relacionarlos con Candelaria y con el gimnasio. Debían dejar un pequeño hilo que relacionase a Germán con el asesinato de Candelaria. Por supuesto, esto, le dijo a Tuby, no se lo puedes rebotar al imbécil de Germán. Ha llegado al límite de sus posibilidades. A partir de ahora, cuanto más lejos estemos de él, mucho mejor.

Tuby no podía negarse, el abogado le tenía cogido por las pelotas. Y, de no hacerlo, el hilo le ahogaría también a él.

Tuby preparó todo y se fue con viento fresco a Bielorrusia, donde pensaba trabajar en una granja de trolls informáticos. Allí, se decía, no habrá quien me siga. En Bielorrusia Tuby tenía un enlace con una granja de trolls para la que trabajaba. Esta granja estaba dominada por el grupo de hombres de Wagner, una formación militar integrada por mercenarios que se movía en ayudas a las fuerzas separatistas de las autoproclamadas repúblicas populares de Donetsk y Lugansk desde Bielorrusia. Yevgeni Prigozhin, multimillonario e íntimo amigo del presidente Putin, admitió haberlo fundado en septiembre de 2022. Desde esa granja de trolls en San Petersburgo, y otras en Minsk y distintos lugares de Europa Occidental se encargaban de multiplicar la presencia en redes de perfiles falsos que apoyaban al Gobierno ruso. También creaban noticias falsas y desestabilizaban varios procesos electorales, entre los que se encuentran las elecciones presidenciales de Estados Unidos, hecho que ya le costó las primeras sanciones. Con la huída hacia delante de Wagner y su pulso al Kremlin, Prigozhin separó a los mercenarios de los informáticos y las granjas volvieron a ser, únicamente, centros de creación de fakes y bulos que intoxicaban la política americana y europea.

Tuby se bajó del avión y, enseguida, resopló en la seguridad de que allí, en el frío Minsk tenía su futuro resuelto y su libertad ganada a pulso. No pudo prever, el pobre diablo, que la Interpol había dictado una orden de búsqueda y captura y, la república de Bielorrusia, harta de Lukashenko, busca en Occidente su liberación. La Unión Europea ha manifestado claramente que reafirmaba su apoyo inquebrantable a la voluntad del pueblo bielorruso de lograr una Bielorrusia libre, democrática, soberana e independiente, partícipe de una Europa en la que haya paz y prosperidad. No parece, pues, factible que, por un lado quieran unirse a Europa y, por otro, den asilo a un delincuente en búsqueda y captura.

Fue interceptado por Interpol y entregado por las autoridades bielorrusas en el aeropuerto de Minsk y devuelto a España donde se enfrentará a la fiscal Catalina Pastrana que está al frente de su detención e interrogatorio. El juez Martínez Yebra era el encargado del caso. El equipo de Pizarro, ahora dirigido por la subinspectora Castillo, que ha sustituido al comisario Jiménez Ortiz, apartado del caso, instruye la investigación.

****

Lola se ha despertado tarde. No tiene, es cierto, mayor prisa por llegar a ningún sitio, pero está citada con

Leticia, la subastadora de una de las empresas de subasta más reputadas y no le apetece llegar tarde. Coge el coche y sale de la urbanización tras saludar al vigilante que le abre la barrera de entrada y salida a la finca. Avanza en dirección a Madrid. No hay, curiosamente, apenas atasco en el tráfico. Avanza por la vía de servicio, pero, un poco más adelante, se encuentra con un coche aparcado y con las dos luces intermitentes encendidas. Se detiene y baja para preguntarle si necesita algo o que, de no ser así, eche el vehículo un poco más a la derecha para que pueda dejar paso al resto de vehículos. El conductor del coche averiado sale del mismo y le pide que entre en él y encienda el motor mientras él manipula dentro del capó. El coche arranca. Lola va a salir, pero el conductor se le ha adelantado y la sujeta, por el cuello, mientras le inyecta un líquido en uno de los brazos. Lola pierde el sentido y se desmadeja en el asiento delantero. El conductor, entonces, la traslada al asiento de atrás y, sin dejar lugar a la duda, arranca y deja el coche de Lola atravesado en la vía de servicio. Los coches que esperan detrás del de Lola comienzan a hacer sonar sus cláxones. El conductor que ha secuestrado a Lola se pierde en dirección a la Casa de Campo. Abandona la Nacional VI por la salida que conecta con la Casa de Campo y la carretera de Extremadura. El tráfico se ha vuelto más denso, aunque, raramente, por la hora y el día, no presenta dificultades para el tráfico. El hombre mira por el retrovisor y observa cómo Lola sigue disfrutando de su siesta. Es, todo ustedes lo habrán podido imaginar, Germán Carazo quien, en una huída hacia delante, ha secuestrado a Lola con el ánimo o la intención de obligar a Pizarro a tomar una determinación que, o bien favorezca los planes del abogado o bien se tenga que arriesgar a rescatarla y, entonces y solo entonces, encargarse de él.

No se imagina Carazo que este paso que ha dado le ha convertido en el objetivo número 1 no de Pizarro, sino de *Sankris*.

CAPÍTULO 23

Mientras Gustavo Cenceño, alias Tuby era repatriado e ingresado en el calabozo del aeropuerto de Madrid-Barajas a la espera de su entrega al juez Martínez Yebra, apareció ahorcado en su domicilio Germán Carazo, el *coach* personal de Candelaria Cordero. Su cuerpo fue encontrado por Mileia Sobakoba, una asistenta a la que hubo que dar a oler sales para recuperarla de su ataque de histeria. La pobre mujer avisó, en cuanto se repuso, al 112 que se presentó, como suele hacerse en estos casos, acompañado de un revuelo de ambulancias – nunca sabré, piensa Pizarro- por qué cuando hay un aviso de estos se juntan hasta cuatro ambulancias, del SAMUR, de la Cruz Roja y de otras subcontratas de la Seguridad Social; cuatro coches de la policía local, también con su fanfarria de luces y sirenas y un par de coches de la Nacional. Detrás, y a suficiente distancia, los dos coches del juez de guardia y del inspector y el forense a cargo del levantamiento del cadáver. Esto, para una calle estrecha del centro de la ciudad, significa cortar el tráfico y ver cómo se agolpa una muchedumbre de curiosos, cotillas y parados que no tienen mejor cosa que hacer en todo el día.

El juez, una vez terminada su labor el inspector y el forense, ordena levantar el cadáver y trasladarlo al Instituto Anatómico Forense, en la Ciudad Universitaria, para proceder a la correspondiente autopsia.

El jefe Superior de la Policía, José María Jato, solicitó la presencia en la autopsia del excomisario Pizarro, además de la de Victoria Castillo, la nueva responsable del departamento de Homicidios. El anterior responsable, el comisario Jiménez Ortiz había sido relevado del mando y trasladado a la comisaría de Hortaleza.

El forense, nuevo en la plaza, se mostró como un profesional muy capaz y enseguida descubrió que el difunto Germán Carazo había sido ahorcado *post morten*. Si ustedes observan aquí, dijo levantando uno de los pabellones auriculares del difunto, observarán una pequeña incisión; un pinchazo más bien, producido, seguramente, por una jeringuilla. Tras descubrir el pinchazo hemos procedido a analizar los órganos del difunto y hemos encontrado la presencia de fentanilo excretado en la vejiga. Podemos, por tanto, asegurar que el difunto Germán Carazo murió por una dosis inyectada de fentanilo tras su oreja derecha. Queda pues, señores investigadores, a su cargo, demostrar que el señor Carazo resultó asesinado. Nadie es capaz, y menos siendo diestro, de autoinyectarse nada tras el pabellón auricular derecho.

El modus operandi, dice Pizarro, es el mismo que se utilizó en el asesinato de la influencer. Una inyección, por detrás, de fentanilo. Si usted nos puede asegurar, que el citado fentanilo estaba mezclado con metanfetamina ya sí que lo tenemos definitivamente.

Entonces, dice Castillo, con esta premisa podemos colegir que el asesino en ambos casos es el tal Tuby.

O persona interpuesta, querida Viqui. Tuby en el momento de la muerte de Carazo estaba volando hacia la capital de Bielorrusia. No podemos achacar la segunda muerte a él. Por tanto, y visto que se repite el patrón, lo lógico es pensar que en los dos casos Tuby se apoyó en alguien para que diera muerte a la influencer y a su coach.

Y es alguien ¿es...?

Ahí está la madre del cordero. No pudieron ser ninguno de los dos machacas de Carazo, porque en el segundo asesinato ya estaban muerto o detenido. Tampoco el abogado que está desaparecido fuera de Madrid desde hace dos días. Nos queda, por tanto, que estuvieran en aquella fiesta donde murió Candalaria, las dos influencers que aparecían retratadas en el palco privado. ¿Tú crees Pizarro que dos sinsorgas como esas son capaces de dar matarile a un tío como el tal Carazo? Porque a la influencer, vale, pero lo que es a este había que estar cachas de cuidado para enfrentarse a él, aunque estuviese bajo los efectos del perico.

Cierto, pero una vez que la coca ha hecho su trabajo y el coach está relajado, arriba o debajo de alguna de esas dos piezas no sería extraño que éstas, valiéndose de su ascendente postpolvo se hubiera atrevido a hacerlo.

No sé, dice Victoria, me parece difícil. Más me parece un trabajo para un varón.

Vaya, ya salió la cuota...

Calla, canalla. Que ya sabes que yo no soy muy de cuotas, pero es que me extraña que una mujer sea tan directa. Si fuera más sibilina no lo dudaría, pero esto, así, a calzón quitado y por derecho...

En fin, que ahora es a lo que tenemos que dedicar nuestro tiempo. Tú Viqui, ve preparando al equipo para tratar de descubrir el destino del abogado. Me da que mi cliente sabe más de lo que dice.

Entonces, Pizarro, queda en tus manos.

Sí, en mis manos queda el averiguarlo, pero en las tuya, una vez conocido el destino, encontrarlo y ponerlo a la sombra.

****

Las dos infuencers que estaban junto a Candelaria el día en que murió fueron trasladadas a la comisaría de Chamartín donde Castillo las hizo cantar por soleares y señalaron a Cenceño (Tuby), a Carazo y a un abogado que fue identificado como Estaban Díaz de Terán y Juncosa, pero al que no pudieron relacionar con el momento del asesinato porque, al decir de las influencers, salió antes del asesinato. Nunca se sabrá si fue él o alguno de los otros acusados quienes hicieron el amor con Candelaria y quien de ellos fue el que le inyectó el fentanilo.

****

Germán Carazo había entregado a Lola al abogado en su finca de Jaraíz de la Vera. A partir de aquel momento para el abogado Díaz de Terán la vida de Carazo no solo no tenía valor, sino que se convertía en un asunto que le podía, en cualquier momento, convertirse en un problema para sus posteriores planes.

Lola ha sido recluida en una habitación habilitada en el sótano de la casa. Ha llegado a ella todavía dormida y, por lo tanto, desconoce dónde se encuentra, cuánto ha durado el traslado desde la vía de servicio de la carretera donde fue drogada por aquel hombre y quien es, en realidad, quien la tiene secuestrada en ese momento.

Lola, en realidad, no está muy al tanto de la investigación que siguen tanto su hermana Catalina, como José Pizarro, el novio de esta y, por lo tanto, no conoce, en absoluto, al abogado Díaz de Terán ni sabe los motivos que le han llevado a secuestrarla.

El abogado ha encargado a un expresidiario que algún día representó en juicio que se desprenda de Germán Carazo. Le ha pedido que no quede duda de que sea un suicidio y de que, en ningún momento, puedan relacionarle con él. Le ha pagado bien y se ha recluido, mientras se produce el "suicidio" y la consiguiente investigación en la finca cacereña.

Con lo que no contaba el abogado Díaz de Terán es que, al encargar el asunto al mismo asesino profesional que encargó la muerte de Candelaria, éste iba a producirla de la misma manera: utilizando, previamente, una jeringuilla con el mismo fentanilo que inyectó a la influencers, convirtiendo así este segundo asesinato en una continuación del primero y dando, por lo tanto a la policía, la posibilidad de unir los dos crímenes en base a la circunstancia de haber sido producidos por una misma persona.

Y esa misma persona, concluyeron a la vez, tanto Pizarro como *Sankris* no podía ser más que el abogado Díaz de Terán a través de un asesino interpuesto.

CAPÍTULO 24

Salió el abogado a fumar un cigarrillo y pasear por el extenso jardín de su finca jaraiceña. El paraje limítrofe con su jardín era hermoso y se respiraba un clima sano y limpio. *Sankris* le vio desde un sotobosque cercano. Avanzó pegado a una pineda cercana. De esa pineda nacía una vereda estrecha, una pista de tierra y piedra suelta que se quejaba, lastimera, a cada uno de sus pasos. El abogado seguía mirando en dirección al río cercano. El río estaba defendido por una hilera de álamos blancos y troncos llenos de nudos e inscripciones de enamorados, fechas y otras lindezas grabadas a navaja por los muchachos del pueblo. El agua se escuchaba cercana, como un jolgorio que saltaba entre las piedras húmedas y llenas de verdín. *Sankris* se apoyó en la sombra de un árbol y, a través del follaje de los álamos y los fresnos se colaba la ligera claridad del amanecer deslizándose, como a través de una celosía, entre las hojas y las aguas que chocaban con las rocas. Miró el vuelo espantadizo de una garza real que había estado estática, como rezando, sobre una de las orillas.

Sankris no tenía prisa y, cuando llegaba, aparecía en su mente el *Ninchi* y su alegre parla sobre las patatas bravas del Vietnam. Creía ver su rostro barbilampiño y descompuesto por la tremenda cuchillada en el costado, su rostro azulado de muerto sorprendido por la mano criminal del calvo y, entre medias de la imagen, el *Ninchi* le pedía que se tranquilizara y esperase su oportunidad. No tenía ningún tipo de prisa.

****

En la parcela, bajo un corro de acebuches, permanecían aparcados dos coches. Uno, *Sankris* lo conocía

124

perfectamente, pero el otro no. Podría ser, perfectamente también del abogado, pero dudaba de que lo fuese. Ni era una marca lujosa ni, tampoco, parecía de esos vehículos con que uno se encapricha.

Tiene que ser de alguien que está vigilando a Lola, se dijo. *Sankris* estaba convencido de que Lola estaba secuestrada por el abogado, aunque Pizarro, siempre cumplidor con la ley, mantenía que, mientras no se aportasen pruebas de ello, no podría actuarse contra él. *Sankris* se apostó en un claro del bosque ocultándose tras una enorme piedra granítica y esperó, pacientemente, a que alguno de los secuestradores, si es que eran más de uno, o el abogado salía al jardín. Fue tras la hora de la comida que salió una persona. Desconocida para *Sankris* no pudo reconocerla. Salió a fumar. Ahora, pensó, con esto de la prohibición del tabaco en el interior de los locales, hasta los asesinos cumplen a rajatabla con el Ministerio. Tras unos momentos en que fumó su pitillo, el presunto secuestrador se fue caminando hasta donde estaba *Sankris* quien tuvo que arrebujarse tras la piedra para no ser descubierto. Notó, con cierta tranquilidad que el secuestrador se había desplazado para orinar contra la piedra que le cubría.

Al terminar su micción el secuestrador volvió a la casa silbando un tema que llamó la atención a *Sankris*: Aserejé, de las Ketchup.

Vaya, se dijo, este puede ser, perfectamente, un lolailo, denominación que dan, en algunos lugares, a los gitanos.

Paso el tiempo y, a media tarde, quien salió al claro del jardín fue el propio abogado

La oportunidad que estaba esperando llegó pues cuando se echó la tarde y la cercana noche refrescaba el ambiente. La humedad subía del río y caía lentamente sobre el jardín del abogado. La bruma bajaba del pinar y, con ella, el sonido sordo de las alimañas. Oía los pasos deambulatorios del jabalí y el ulular del búho y la lechuza.

Sankris vio dos sombras que salían de la casa. Una de las sombras era la del abogado, la otra, seguramente, la de alguno de sus empleados o clientes. Esperó pacientemente y vio como el acompañante de la sombra del abogado se metía en un coche y salía del jardín y de la valla de la finca. Sintió su mano firme, sintió el frío filo del cuchillo y noto un estremecimiento cuando asió fuertemente el mango del arma. Un sudor frío le recorrió el cuerpo y estuvo en un tris de echarse atrás, pero del interior del bosque le llegó la voz del *Ninchi* pidiéndole que le vengara.

Sankris avanzo despacio, asegurándose que sus pasos no resonaran en la grava del camino. Avanzó pegado a las paredes de la casa y, por fin, llegó al mismo borde de la finca, junto al río. Y allí, de un solo tajo, degolló a Esteban Díaz de Terán, responsable directo del asesino del *Ninchi*.

La venganza es la ira, sí; el resentimiento, pero también es la justicia, se dijo a sí mismo *Sankris*. El *Ninchi* no merecía morir de esa forma; sin dejarle ver la cara de su asesino.

El *Sankris*, no obstante no se siente bien. Sabe que lo que ha hecho le va a enemistar con Pizarro y con Lola. Pero debía de hacerlo; se lo debía al *Ninchi*.

Ahora solo faltaba entrar en la casa y descubrir si es cierto, como el piensa, que Lola, está secuestrada en algún lugar de la casa. Se acerca hasta una de las ventanas y mira, desde una de las esquinas, hacia el interior. La luz, una luz indirecta, alumbra el salón. No se ve a nadie más. La puerta está entreabierta y entra procurando que de sus goznes no escape el más ligero crujir. Se saca los dos zapatos y avanza con cuidado de no tropezar. Va mirando en cada uno de los cuartos. Afortunadamente la casa no tiene más que una altura.

En las dos habitaciones que salen del pasillo no ha visto a nadie. No se oye ni un solo ruido. Parece como si la casa estuviera deshabitada. Entra en la cocina, después de asomar un solo ojo desde el quicio de la puerta y también se muestra vacía. Mira hacia el fregadero y encuentra un rimero de platos, cuencos y cubiertos sucios.

Vaya, piensa *Sankris*, además de criminales, marranos.

Confundido abandona, por el momento, la casa. En algún lugar tiene que estar el meón, se dice. No puede haber salido sin que yo le vea.

****

Sankris se acerca al río y limpia el cuchillo teniendo buen cuidado con no dejar ningún tipo de huellas. Al tiempo observa, con detenimiento, si se produce algún movimiento en el interior de la casa. El cuchillo, una vez que me desprenda de él lo enterraré en el monte, en un hoyo donde nunca aparezca.

Vuelve a su lugar de escondite y espera hasta que la noche se ha echado, del todo. Aprovechando las zonas oscuras se ha acercado hasta la casa y ha vuelto a entrar en ella.

Observa, ahora, con más detenimiento y encuentra una puerta que da a algún acceso al sótano o que podría ser, un pequeño cuarto trastero. Pega la oreja a la puerta de entrada y entonces escucha cómo unas maderas ceden por el caminar de una persona. Se esconde tras la puerta de acceso al sótano y espera, con el corazón bombeando a tope, la subida del posible criminal.

No puede dar crédito a lo que ve. El secuestrador y posible asesino de Germán Carazo es *El Sobao*, un expresidiario que vive, como él mismo, en San Cristóbal de los Ángeles. *El Sobao* era amigo íntimo del *Ninchi*.

Sankris sabía que al *Ninchi* le mató uno de los calvos pero ¿sabría o habría participado *El Sobao* en este asesinato.

Se colocó tras él y le apoyó el cuchillo en la misma nuca.

¡Quieto, *Sobao*!, o te descabello.

El Sobao quedó quieto como una sombra. Temblaba su cuerpo y sudaba profusamente mientras *Sankris* recorría toda su nuca con el pico del cuchillo.

Date la vuelta, poco a poco, con cuidado. A la menor que hagas te rajo el cuello como he hecho con tu colega, el abogado.

El Sobao se dio la vuelta y se encontró, frente a frente, con *Sankris.*

¡Hostias, *Sankris*! Si eres tú, colega. Joder, que susto me has dado.

Ni susto, ni leches. Quieto ahí que te doy un tajo que te separo el cuello de la cabeza.

Que soy tu colega, tío. ¿Qué coño haces?

No. Qué coño haces tú aquí, en la casa del menda este.

Na, dijo *El Sobao*. Me han *dao* trescientos *mortadelos* por echarle un ojo a una pava que tiene el *abogao* aquí, en su *keli*.

¿Solo por eso?

Sí, colega. Solo por eso. Al parecer el menda iba a tenerla aquí hasta que no sé quién viniera a buscarla. Si hacía lo que quería la dejaría libre y, si no, él mismo, según me dijo, le daría matarile.

¿Y tú te creías que después de matar a su rehén y al tipo que venía a buscarla te iba a dejar ir a ti, por tu cara bonita ¿no? Mira que eres pringao, *Sobao*.

Joder, *Sankris*, ahora que lo dices, tío, vaya marrón. Seguro que luego, el hijoputa me daba a mi matarile.

Tienes que dejar esa mierda que te metes, *Sobao*. Tú has sido un choro de mierda toda la vida, enganchado a todo lo que se pueda fumar, tomar, aspirar o pincharte.

Y eso de meterte en rollos de asesinatos no va contigo. Cualquier día te cargan hasta la muerte de Camilo Sesto.

¿Y qué piensas hacer conmigo, colega?

Pues qué voy a hacer. Dejarte suelto. ¿Esa Kangoo de ahí afuera es tuya?

Bueno, mía... La trinqué en Fuenla, pa'venir aquí. Ya sabes que no me gusta viajar en transporte público.

Mira qué fino es mi gorrino...

¿Dónde está la chica?

Ahí, tío. En el sótano. Está *dabuten*. Yo no me he *pasao* lo más mínimo. Y no porque no esté buena.

Calla, *Sobao*. Que es mi tronca.

No me jodas, colega. ¡La que he podido liar!

Ya lo creo. Mira, te vas a dar el piro con la Kangoo. No te pares ni a echar gasofa.

Si va con gasoil...

Pues ni a echar gasoil. Procura ir por la autovía que es más difícil que la Guardia Civil haya puesto algún control. Yo no he visto nada y tú, menos todavía, ¿estamos?

Estamos, *Sankris*. Siempre fuiste un tío legal.

Pues si no quieres acabar en el penal haz lo que te digo. La *guapi* es la cuñada de un comisario de la madera. Gente importante. Si se entera de que tú eras quien la tenía secuestrada te abre una cremallera desde el pinto hasta la nuez y te saca el bandujo. ¿Comprendes?

Joder, *Sankris*. No hables así que da canguelo solo de pensarlo.

Sankris llamó por teléfono, desde el de *El Sobao* a Pizarro ya que él no había traído el suyo para evitar que le localizaran por el SITEL el sistema de la Policía del que siempre le habla Pizarro. Una vez contactado con Pizarro le da las coordenadas donde, según ha podido averiguar, le dice, por un colega de su barrio al que no puede denunciar, está Lola retenida.

Pizarro sale en estampida mientras llama a la Comisaría desde el coche. He tenido, les dice, una llamada anónima que me ha dado una dirección donde podría estar Lola. Dame la localización y en menos de diez minutos tenemos a la Guardia Civil allí mismo protegiéndola.

Pizarro dice que, en el momento que pueda se la envía. Lo hace media hora después del aviso telefónico para darle a *Sankris* la posibilidad de salir sin que la Guardia Civil le intercepte.

****

Sankrís ha desandado los cuatro kilómetros que separaban la finca del lugar donde dejó su coche. Un coche cualquiera, en una esquina cualquiera, que a nadie le resultase extraño denunciar cuando la Guardia Civil buscase a quien pudo asesinar al abogado. Ha avanzado tranquilo, entre las sombras del pinar, alumbrado por la luna llena que ponía hilos de plata entre las acículas de los pintos y un pálido alumbramiento entre la maraña de troncos alineados.

Coge el coche y conduce en dirección a Benalmádena donde tenía su hotel alquilado desde el día anterior. Cuando llegó le dijo al director que estaba muy contento de haber hecho la excursión que le dijo. Que sí, que había sido algo cansada por tener que estar todo el día fuera, pero que estaba contento de haberla hecho. *Sankris* se fabricó así una coartada sólida, un subterfugio perfecto de cara a cualquier investigación posterior.

CAPÍTULO 25

Pizarro ha liberado a Lola y la acompaña, en el coche, de vuelta a Madrid. En el camino de vuelta la alecciona sobre cómo tiene que declarar una vez que la Guardia Civil ha cedido la investigación a la Policía Nacional. No podemos dejar nada al albur. Es más, te voy a decir quién es la persona que mató al abogado y más que posiblemente, al tipo que te retenía: ha sido *Sankris*.

No sé, porqué, pero me lo imaginaba, dice Lola. Ahora sí que le debo la vida.

Pero no debes dar su nombre bajo ningún concepto. Conociéndole tendrá una coartada perfecta y nadie podrá cargarle los dos muertos. Para eso tendrá que declarar tal y como yo te digo.

De acuerdo, José. Y muchas gracias.

Guárdate las gracias para el *Sankris*. Todavía no comprendo cómo pudo saber la dirección donde te retenían.

****

Al día siguiente Pizarro se dirige a la oficina de don Ildefonso. Piensa que el constructor debería de saber, o al menos, tener noticia del abogado. Era su compañero de mili al que después de tantos avatares ha tenido la oportunidad de recuperar ¿y me va a decir que no sabe nada de él, después de haberse vuelto a encontrar?

Así es.

No me estará usted, por un casual, ocultando el lugar en el que está, ¿verdad?

No es que se lo oculte, dice, es que lo desconozco. No obstante, sí que puedo decirle donde podría haberse escondido si esperaba algo en contra suya. Él tiene una finca en un pueblo en la falda de Gredos. Es una localidad

131

próxima al Monasterio de Yuste, pero no es Cuacos de Yuste, el pueblo en el que se encuentra el Monasterio, sino otro que pertenece, como éste, a la comarca de La Vera. Es un pueblo que, como tantos allí, lleva ese apellido, pero le juro que no conozco, en absoluto, el sitio. Lo sé porque algunas veces me ha hablado de él. También podría estar en Rute, un pueblo cordobés de la serranía que es famoso por el anís Machaquito. Siempre que viene a verme me obsequia con un par de botellas de anís porque allí viaja mucho. Y, finalmente, sé que tiene un chalet en la playa, en Zahara de los Atunes, en Cádiz. Si se ha retirado, es seguro que lo habrá hecho a alguno de estos municipios.

Algo es algo, don Ildefonso.

¿Usted cree, entonces, que la muerte de Candelaria tuvo que ver con Díaz de Terán?

Pues no podemos afirmarlo ni desmentirlo. Pero en el caso de Candelaria no creo que sea así. Las dos influencers, compañeras de su esposa, le señalan alejado del lugar del asesinato cuando ella cayó al suelo.

O fue arrojada.

Claro. A eso quería referirme.

Pues si Carazo está muerto y Tuby estaba fugado en el momento del segundo crimen, sería posible, ¿no cree? que sean dos los asesinos.

No lo echamos en saco roto, pero, para mí, que los dos asesinatos los cometió la misma persona. Pero esa persona no era ni Carazo, ni Tuby ni, tampoco, Díaz de Terán.

¿Entonces quien fue?

Eso es lo que hay que determinar.

****

¿Pizarro?

El mismo, amigo Peña. ¿Qué nos ha descubierto las últimas voluntades de Candelaria? ¿Tenemos un sospechoso?

No quisiera hacer el chiste ese de Jack el Destripador que dice vayamos por partes, pero, ya que lo he hecho, déjame decirte que el seguimiento del dinero, que suele ocurrir siempre, es la pista más fiable de todas las que podamos buscar, nos da una idea bien a las claras de quien se estaba beneficiando de todo: el abogado, pero hay un segundo individuo que se lleva un premio gordo: Higinio Verdura Soto, el representante de Candelaria y, beneficiario del Seguro de Vida.

CAPÍTULO 26

Pizarro recibe una llamada en el coche desde el cuartel de la Guardia Civil de Jarandilla de la Vera. Le informan de que han encontrado asesinado al abogado don Esteban Díaz de Terán y Juncosa y que han encontrado, a su vez, a Lola maniatada en el sótano de la casa.

Al parecer, y según ha determinado el juez de guardia y un primer informe de la benemérita, así como la primera de las inspecciones oculares del forense, el abogado ha sido degollado. Un corte limpio, de izquierda a derecha, típico de un asesino diestro. El cuchillo debía de ser un gran cuchillo. Uno de esos de cocina al que llaman cebollero. Al parecer el presunto asesino le sorprendió por detrás y le degolló limpiamente. No se han encontrado ni huellas, ni rodadas de automóvil, ni el arma utilizada. Lo que, en principio, parece un crimen bien estudiado, realizado sin prisas y con el tiempo y la cachaza suficiente para haber borrado todo tipo de huellas.

O es un profesional, dice el comandante de puesto, o bien es un experto que sabe que, la menor de las huellas le podría llevar a su descubrimiento. Quien lo haya hecho, dice el sargento, ha sido lo suficientemente hábil como para no dejar la más pequeña de las huellas.

Vaya, dice Pizarro, esto nos coloca, nuevamente, en la casilla de comienzo. Ya no tenemos la posibilidad de que sea un solo asesino. Tres muertes –seis si contamos al *Ninchi* y a los dos calvos- y múltiples sospechosos. O un solo sospechoso que se ha apoyado en otros para llevar a cabo alguno de los crímenes.

¿Y ahora que vamos a hacer, jefe?, le pregunta Victoria Castillo que ha llegado también a Jaraíz, a Pizarro.

Pues tendremos que replantearnos todo y enfocarlo desde un punto de vista distinto a cómo lo estábamos haciendo hasta ahora. Veamos, según me ha dicho Peña, el banquero, el dinero deja bastante a las claras que es el principal motivo de los asesinatos. En principio la influencer había ahorrado todo el dinero que percibía por sus seguidores y lo tenía invertido en dinero virtual y en el extranjero. Tenía, además, una póliza de seguro de vida con un solo beneficiario, su representante. Luego este, en principio, podría ser el más interesado en su muerte. También sabemos que la influencer había recibido bastante dinero de la liquidación de la empresa que su padre tenía a medias con don Ildefonso. Ese dinero, según confesó el marido, había sido reinvertido en sus empresas por lo que, la influencer, también tendría parte en la valoración de las empresas del marido. Y, finalmente, tenemos el asunto de la fundación, que también percibía sus buenos beneficios y que, al parecer, siempre se reinvertían sobre la propia fundación.

Resumiendo, dijo Pizarro, que la influencer tenía una pasta gansa a la que, si la seguimos convenientemente, va a parar a dos personas: el abogado e Higinio Verdura Soto, el representante de Candy Lamb, la influencer.

Pero este Verdura Soto ¿dónde se mete? Porque hasta ahora, que yo sepa, dice Castillo, no teníamos la más mínima idea de él.

Verdura Soto es un pobre hombre. Un lerdo que se ha hecho a sí mismo y se ha hecho tan mal, que se ha hecho imbécil. No hay por donde cogerlo. Te aseguro, Victoria, que si el tal Verdura era el beneficiario de la póliza del seguro hay otro beneficiario en algún sitio. Tendremos que buscar ese sitio.

No obstante, hazle traer a la comisaría y lo interrogaremos a conciencia.

****

¿Yo?, dice Verdura. ¿Dice usted que soy yo el heredero de Candy Lamb? Primera noticia que tengo. Pero ¿heredero de qué?

Pues heredero de doscientos millones de euros.

A Verdura casi le da un infarto al ser informado.

Pues entonces, inspectora, no sé por qué me tienen aquí, detenido...

No está usted detenido. Está citado para tomarle declaración. Para detenerlo tendríamos que haberle traído detenido y, entonces, y solo entonces, aplicarle la ley.

Pues entonces, dice, ¿me puedo ir, ¿verdad? Estoy deseando ir hasta el notario para que me comunique lo de la herencia.

Ha de saber, le dice Pizarro que, para nosotros, el heredero se convierte, de hecho, en el principal sospechoso. No tenemos más hilo del que tirar que el dinero. Si el heredero de Candelaria es usted, usted será, por lo tanto, el principal sospechoso, ya que es quien se ha beneficiado con su muerte.

¡Ah, no...! Ni pensar. Yo no he sido su asesino. Yo solo soy, y porque ustedes me lo han comunicado, su heredero. Pero no tengo nada que ver con su muerte.

De acuerdo, señor Verdura. Puede usted marcharse, pero tiene que permanecer en Madrid, a disposición de esta comisaría, hasta nueva orden. Tiene que estar localizable en todo momento. ¿Entendido?

Sí señor. Entendido.

✶✶✶✶

Victoria Castillo ha vuelto a Madrid y ha telefoneado a Pizarro para contarle que está en camino hacia el gimnasio de Carazo. Al parecer han encontrado un cadáver que podría tratarse de Tuby, el mánager de

136

Candy Lamb. Pizarro sale apurado para el gimnasio y llega casi a la vez que Castillo.

¿Qué tenemos, Viqui?

El mismo *modus operandi*. Ingesta de cocaína y pinchazo tras la oreja de fentanilo. Parece que el asesino disfruta con este tipo de asesinato.

****

Finalmente, el abogado resulta el principal sospecho, pero, al haber sido asesinado, también, se cierra el caso con la duda persistente de si fue él, quien asesino a las seis personas muertas o, por el contrario, había alguien más, un asesino profesional, que actuaba a su dictado. En las últimas voluntades de Candelaria figuraba una nueva determinación del beneficiado de la póliza de seguros. Había cambiado a Verdura por el abogado Díaz de Terán. Por eso, y en vista de que, con su muerte, todo se circunscribía a su persona se cerró la investigación.

CAPÍTULO 27

Pizarro, acompañado de Catalina, acude a la comisaría para despedirse de su equipo. Se va de vacaciones unos días a Mutriku, el pueblo donde consigue la paz precisa para ser feliz. Catalina ha solicitado un par de meses de vacaciones. Las de este año y las de otros muchos en los que no las disfrutó. El fiscal general del Estado está pendiente de una resolución judicial por un feo asunto de revelación de secretos y, por ahora, no hay más caso urgente que su propio caso.

Así que has venido a restregarnos por la cara tu vida regalada de funcionario en excedencia. A hacernos rabiar con tus vacaciones en cualquier época del año y acompañado de ese pedazo de mujer que te acompaña, dice Victoria Castillo, la nueva comisaría.

Así es. Y no creáis que sufro por ello. Todo lo contrario. Pero antes que nada he venido a explicaros que, finalmente, se ha llegado a cerrar el caso de la influencer Candy Lamb, o Candelaria Cordero, como realmente se llamaba.

Algo hemos leído por ahí. El informe final lo tiene todavía Jato y no nos lo ha permitido hojear.

Para eso estoy yo aquí.

El asesino era el abogado, ¿verdad jefe?

Así es, Requena. Casi todos lo imaginábamos, pero, al final, fue más difícil demostrarlo de lo que parecía. Y al paso, mira por dónde, hemos resuelto otro crimen que, de seguir tirando del hilo podrían haber sido dos si, como pienso, el primer asesino hubiera hecho con la madre lo que luego hizo con la hija.

Los padres de Candelaria Cordero eran propietarios de una más que reputada constructora que había conseguido entrar en liza con las grandes constructoras del franquismo. Por aquellos entonces alguna empresa constructora, como la de José Banús, se quedaba con

138

todas las obras importantes de aquel Madrid que comenzaba a quitarse la roña bañándose en el Abroñigal. El régimen dio ayudas ingentes para construir vivienda oficial y pisos en régimen de compra libre como el barrio de La Concepción o, posteriormente, el barrio del Pilar. La constructora de cabecera del régimen se quedaba con todas las obras importantes. Otras, más veteranas, como aquella Constructora Benéfica que, desde 1875 se dedicó a la construcción de viviendas baratas fueron superadas por Banús y sus concesiones. Tan solo para construir el Valle de los Caídos en Cuelgamuros él y sus hermanos recibieron la concesión exclusiva de la grava y las carreteras de acceso al mausoleo. Luego, junto con Agromán y Huarte levantaron todo el conjunto funerario. En ese magma de subvenciones, concesiones públicas y plicas presentadas con el beneplácito del régimen algunos constructores fueron levantando casas y logrando con los ingresos por las ventas de los pisos un extraordinario negocio en el que mojaban no pocas personas: funcionarios, comisionistas, estraperlistas, políticos, etc.

El padre de Candelaria se asoció para cierta obra pública con un constructor novel que había dado que hablar en Extremadura, su región con la construcción de algunos embalses y los correspondientes pueblos de reagrupamiento del llamado Plan Badajoz, planteado al Consejo de ministros por el titular de Agricultura, el falangista Rafael Cavestany de Anduaga y que iba a desarrollar un Plan de obras, colonización, industrialización y electrificación de la provincia de Badajoz.

Don Ildefonso Azuara y don Crescencio Cordero fundaron, entonces, una sociedad en la que ambos aportaban sus empresas y la misma cantidad económica para llegar a una cantidad del 50% para cada uno de los accionistas únicos.

Don Crescencio aportó más dinero pues estaba mejor dotado económicamente que don Ildefonso, pero este, aportó, además, una concesión que había recibido para llevar a cabo una serie de ciudades sindicales donde el obrero pudiera veranear o pasar una temporada de asueto. La obra concedida a don Ildefonso era la ciudad sindical de Perlora, en Gijón. Con esas aportaciones fueron al notario y crearon una sociedad propiedad de ambos al 50%, como os decía antes y comenzaron a construir.

¿Y pegaron el pelotazo?, dice Sobreviela.

No, Eduardo. No pegaron el pelotazo, sino que consiguieron crecer y llegar a cumbres más altas dentro de lo que, por aquellos entonces, era la reconstrucción de prácticamente toda España. Ocurre que, como se suele decir en el argot, las medias son para las señoras. O al menos lo eran antes. Y en la sociedad empezaron a aparecer grietas que amenazaban con dar al traste con la empresa. Y sucedió lo que tenía que suceder: los socios se separaron y la empresa fue mal vendida. Don Ildefonso tomó un camino y don Crescencio otro distinto.

Siga, jefe, que nos tiene en ascuas, dice Higuero.

Pues don Crescencio se casó y tuvo una hija, Candelaria. La empresa no funcionaba todo lo bien que había funcionado antes de la fusión con don Ildefonso. Don Crescencio era mayor que don Ildefonso y tenía otro empuje menor que el necesario para llevar a buen puerto aquella nave. El caso es que don Crescencio comenzó a sentir pánico. Vendió la empresa y puso todo el dinero a nombre de su mujer y, en caso de fallecer esta, a nombre de su hija. En paralelo don Crescencio, que siempre tuvo mucho remango, comenzó a trabajar como asalariado para una constructora. Era una especie de inspector de obras.

Una tarde su esposa y su joven hija estaban esperando a que volviera para cenar, pero no apareció. La esposa telefoneó a sus nuevos jefes quienes le dijeron que don Crescencio se había quedado en la obra vigilando algo. Ella se presentó en la comisaría, pero, le dijeron, que hasta que no pasasen 72 horas no era preciso hacer la denuncia.

Añadieron que, posiblemente, se hubiera ido a tomar unas copas a Pasapoga con algunos amigos. Doña Soledad, la madre de Candelaria cogió de la mano a su hija y se presentaron en la misma obra para ver si allí alguien les podría dar noticia de su esposo.

Encontraron a don Crescencio metido dentro de una betonera de hacer cemento. Asfixiado. La cabeza dentro, las piernas colgando de la boca. Doña Soledad creyó volverse loca. Allí mismo tuvo que cargar con ella la pequeña Candelaria y llevarla a casa. Al día siguiente, cuando los trabajadores accedieron a la obra se encontraron con el cadáver todavía dentro de la máquina cementera. La policía se presentó en casa de doña Soledad dos días después. Se la encontraron en el patio; muerta. Se había arrojado por la ventana. Al subir a la vivienda, encontraron a la pequeña Candelaria llorando y desmadejada sobre el crudo suelo.

¡Vaya drama!, dice Victoria

Ya lo creo. Pero ahora viene lo bueno. La policía cierra el caso como un accidente laboral del padre y un suicidio por parte de la madre.

La niña cobró su dinero por el seguro de responsabilidad que, al ser un accidente laboral, fue sustancial y se encontró, de buenas a primeras con un dineral y una minoría de edad. Candelaria había cumplido recientemente los catorce años. ¿Qué iba a ser entonces de ella? No tenía más familia y, por lógica, se tendrían que hacer cargo de ella los servicios sociales.

Entonces don Ildefonso se apiadó de Candelaria y, tras un informe favorable de los servicios sociales –don Ildefonso se había convertido en todo un prohombre del régimen- le fue adjudicada la niña para su cuidado, educación y mantenimiento hasta el día en que cumpliera veintiún años que era, por entonces, la mayoría de edad.

¡Vaya novelón! Si parece lo de La Promesa.

El caso es que, con el tiempo, y la cercanía, la niña, que ya iba siendo toda una señorita, se terminó casando con don Ildefonso.

¿Y pudo hacerlo siendo su padre?, pregunta Higuero.

No era su padre, Higuero. Tenía la patria potestad hasta la mayoría de edad. Pero no era su padre biológico. Además, para entonces, la Iglesia estaba acostumbrada a las bulas y demás zarandajas. El caso es que terminó casándose con ella antes de la mayoría de edad. ¿Cómo?, os preguntaréis. Pues ahí está... El caso es que se lo autorizaron.

Pero ocurrió entonces que Candelaria, una vez cumplida su mayoría de edad reclamó a su esposo el dinero de sus padres que éste estaba utilizando para financiar la construcción de barrios enteros. Don Ildefonso le entregó la cantidad correspondiente, sin los intereses, claro, y Candelaria se dedicó a lo que nosotros conocemos: la influencia a través de Internet y del resto de las redes sociales.

¿Pero...?, dice Victoria Castillo.

Pero nada más, Viqui. Hasta ahí todo lo que conocemos. No obstante, y gracias a una reciente comisaria de esta comisaría que me hizo una consideración bastante clara pude darme cuenta de que algo se nos escapaba. ¿Lo recuerdas, Viqui? Tú me preguntaste cómo era posible que una madre, fuese el dolor que fuese el que sentía, era capaz de suicidarse dejando a su única hija, menor por más señas, al albur de la vida sin enfrentarse a lo que parecía un asesinato sin investigar. Gracias a esa consideración me puse manos a la obra y llegué a una conclusión definitiva: el padre de Candelaria había sido asesinado. ¿Por quién? Ese era el reto.

¿Y...? preguntaron todos a la vez.

Tranquilidad, que ahora sigo, dice Pizarro mientras telefonea a Balo y Jato, el Comisario jefe y el jefe Superior de Policía, con quienes había quedado para relatarles aquello que había ido descubriendo.

Este Pizarro es la leche, dice Yagüe, el informático. Nos da toda la mantequilla posible y, cuando estamos para entrar en el horno, nos lo apaga.

Pasados unos minutos entran los tres en la sala de reuniones. Todos se ponen en pie para recibir al jefe Superior quien les ordena sentarse.

Sigue, Pizarro, le pide una Victoria Castillo que está ansiosa por saber cómo termina la historia.

El caso es que don Ildefonso se había ido quedando con la totalidad de las obras mientras que don Crescencio iba perdiendo, cada día, dinero en su empresa. Don Ildefonso, entonces, trató de comprársela por un precio irrisorio. Don Crescencio le echó en cara que era el culpable de la pérdida de clientes y de obras y salieron mal parados de esta reunión.

Un par de días después don Crescencio apareció muerto en lo que parecía un accidente laboral. Un accidente imposible, si tenemos en cuenta que a nadie se le ocurre meter medio cuerpo en una betonera máxime cuando está en funcionamiento. Esto me llevó a investigar a la única persona que podría beneficiarse de la muerte de don Crescencio: don Ildefonso.

Me costó, no creáis, llegar a la conclusión porque todo lo que concierne al industrial aparece como un misterio. Por fin, un golpe de suerte me llevó hasta su segundo apellido: Cenceño. ¿Y quién se apellida Cenceño...?

Gustavo, el Tuby, dice Requena.

Muy bien, Requena. Apúntate una.

143

Gustavo Cenceño, alias *Tuby*, es sobrino de don Ildefonso y, a la vez, el talent manager de Candy Lamb, o sea, Candelaria. Ya tenemos, pues, la relación entre don Ildefonso y Candelaria. ¿Fue Tuby el asesino de Candelaria? No, con toda seguridad.

¿Entonces?, pregunta Sobreviela.

Entonces había que seguir buscando y apareció la clave, porque con el tesón y la paciencia suficiente todo acaba por aparecer. La relación entre Tuby y el resto de los actores de este vodevil. Tuby le recomendó el gimnasio de un querido amigo a Candelaria. Este amigo, como bien podéis sospechar, era Germán Carazo, aquel cachas que murió ahorcado y al que, según el seguimiento de Requena, Sobreviela y *Sankris* visitaba, con cierta asiduidad el abogado Díaz de Terán. Germán Carazo tenía como misión embaucar a Candelaria y enamorarla para que don Ildefonso, a través de su abogado, encontrara la fórmula para incapacitarla y recuperar el dinero que Candelaria le había exigido y que correspondía a su herencia.

El abogado fue mucho más lejos de lo que se le encargó y puso a disposición de Candy todo un mundo de evasiones, dinero virtual y opacidad con la Hacienda Pública.

Candelaria que pese a todo seguía siendo aquella pobre huérfana trasladada a un mundo de lujos y con todos los gastos pagados por su esposo, perdió el norte y se convirtió en el personaje que entre todos le adjudicaron: el de una influencer a la que todo se le presentaba regalado y sin esfuerzo. La vanidad es un tesoro para quienes no tienen otra cosa que exhibir

Una vez colocado todo su dinero a nombre de Tuby, el sobrino de don Ildefonso crea una supuesta fundación donde iban a parar los ingresos más difíciles de evadir. Ahora solo quedaba poner a Tuby al frente de la fundación y dotar a la influencer de una póliza de seguro por fallecimiento. En esa póliza figura como beneficiario Higinio Verdura Soto, su representante. Este Higinio Verdura Soto desaparece bien pronto y aquí está la madre del cordero, es sustituido en la póliza por Tuby con lo que se convierte en el principal beneficiario de la muerte de Candelaria.

Y es entonces cuando aparece muerto Tuby, ¿no es así?, pregunta Jato.

Sí, pero no. Antes de esto Tuby es sustituido en todos sus cargos por un nuevo beneficiario. ¿Os imagináis quién es?

Claro, dice Requena. El abogado.

Premio otra vez, Requena. Estás que rompes moldes.

El abogado es el muñidor de toda esta comedia. Él, a través de sus peones fue organizando todo; desde la ruina de don Crescencio hasta el matrimonio con la pobre infeliz con su cliente, don Ildefonso. Este, superado por su ansia de dinero y poder se puso en manos de un abogado sin escrúpulos que terminó con la vida de todos ellos y es que cuanto más oscuros son los secretos de la gente, más poder les conceden.

Si, Pizarro, dice Jato. Pero te falta el final de la novela. ¿Quién mató al abogado?

Yo he llegado hasta ahí. Ahora os corresponde a vosotros. Creo que la Guardia Civil fue quien primero se personó en la finca de La Vera y ordenó levantar el cadáver. Ellos son quienes tenían que ceder la investigación al Cuerpo Superior de Policía o llevarla a fin ellos mismos. Se han decidido por lo primero y ahora, por tanto, os toca a vosotros decidir. Pero yo, para mí, tengo que esta es una investigación archivable. Vamos, de libro.

Pero me imagino que tendrás una idea aproximada.

Pues no. Si pudiera o supiera algo os lo comunicaría, pero yo creo que este caso me supera. Por mi parte, una vez fallecido mi cliente, me quedo sin cobrar y sin instrucciones para seguir adelante. Todo queda ahora en vuestra mano.

La reunión se ha dado por terminada. Jato y Balo acompañan hasta la salida de la Comisaría a Pizarro. Antes de despedirse el jefe Superior de la Policía le hace una pregunta que Pizarro lleva tiempo esperando.

Dime, José, ¿qué es lo que ha pasado con *Sankris*?

No lo sé ¿Me lo puedes decir tú?

Te diré lo que pienso. Ha sido muy oportuna su desaparición justo cuando más se calentaba el asunto.

¿Qué quieres decir, Jato?

No, Pizarro, ¿que tienes que decir tú?. Todos sabemos que *Sankris* se volvió loco al encontrar muerto a su colega. Todos sabemos que *Sankris* no iba a quedarse mano sobre mano en este asunto habiendo secuestrado a Lola y justo cuando aparece muerto el abogado desaparece *Sankris*.

Se te olvida una cosa, Director General, *Sankris*, tras la muerte del *Ninchi* se marchó a Benalmádena y allí ha estado alojado hasta ayer mismo. Tiene una sólida coartada.

Que tú mismo respaldas, claro.

Naturalmente.

En esto tenemos distintas opiniones, Pizarro.

No hay nada censurable en tener distintas opiniones: el problema sería que nos peleásemos por ellas.

Por nuestra parte no nos queda otra que darla por buena. Pero si le ves dile que no se aparte ni un ápice de esta coartada. La Guardia Civil está buscando al culpable y ya sabes que el Cuerpo hermano es constante e incansable.

CAPÍTULO 28

Torrelodones, en el noroeste de la capital, es una zona ideal para escabullirse del ruido, el estrés y la agonía de tener que vivir sobre una terraza de un bar, una zona festiva o una comunidad de pisos donde la mezcla de aromas que sale de sus cocinas asemeja, en mucho, vivir dentro de la cocina de un cuartel. La Urbanización Las Marías, en Torrelodones, acoge una serie de chalets levantado en un escenario natural de rocas graníticas, robles y jaras que dan un aroma propio del espectacular paisaje natural del sotobosque a las viviendas. Hoy, con la sobreprotección de la zona, los jabalíes hacen presencia en la urbanización y asustan a los paseantes que se atreven a visitar la vieja almenara de los Lodones (nombre que recibe del lodón, un árbol muy abundante en la zona) sobre una atalaya desde la que se ve, perfectamente, la locura de Madrid.

El verano ha traído el sol que, a esta altura, es peligroso tomar sin protección, pero, al caer la tarde, esa misma altura facilita la aparición de un viento suave que baja desde el Guadarrama, la mal llamada Sierra de Madrid. Junto a la piscina Catalina Pastrana y José Pizarro descansan y escuchan música. En su lista de *spotify* priman temas de jazz, blues y músicas clásicas orquestadas. En un rincón de la piscina la música brota de un altavoz inalámbrico de buena calidad. Al pie de las sillas mecedoras que ocupan ambos descansan los vasos medio llenos de su combinado favorito: el americano, a base de hielo; Campari; vermouth dulce; un golpe de soda y una rodaja de naranja. El americano de Pizarro nada tiene que ver con el que prepara Iñaki Tolón en Ametza y que tanto gusta a Pizarro cuando está en Mutriku.

Lola se une al descanso de Catalina y Pizarro. Está nerviosa. Sabe que la llegada de *Sankris* va a generar a José un problema. José no puede perdonarle lo que aconteció en la finca de Jaraiz de la Vera. Pero confía en que, una vez juntos, pueda ella reconducir la situación y hacerles ver que el mundo no se acaba con la muerte de un canalla. Lo malo, claro, es que ella, como Catalina y José, no están acostumbrados a solucionar los problemas a cuchillada limpia.

Pizarro ha estado toda la tarde preparando una cena fría que, así por encima y por lo que ha podido ver, se presenta única. Unas ostras Guillardeau con una lámina de panceta Joselito y unas perlas de sandía que le dan un toque fresco. Le sigue una ensalada Bulgogi, que es una ensalada templada y con un picante justo para realzar los sabores. La ternera, les ha dicho a sus comensales, se macera en curry rojo, chiles y lima. Se acompaña de huevo de codorniz, tomates confitados alga wakame fideos crujientes y lolo rosso; una ensaladilla con encurtidos, hueva de trucha, sésamo y anchoa de Mutriku; unas croquetas de carabinero con sobrasada y gochujang, una salsa picante empleada en la condimentación de los platos de la cocina coreana.

Lola ha estado picoteando de todo mientras José le iba explicando los orígenes de cada uno de los productos y las salsas y especias que iba utilizando.

Son las 20,30 horas y el teléfono de la barrera de entrada a la urbanización les anuncia que ha llegado su invitado. Lola autoriza la entrada y avisa a Pizarro y Catalina de que *Sankris* está llegando.

Catalina se cubre con un pareo y, junto con Pizarro, se dirigen a la cocina para ir llevando los platillos que componen el menú.

Sankris aparece en la casa y besa en las mejillas a las dos mujeres. Saluda con un apretón de mano a Pizarro y, mientras le saluda, baja la cabeza. *Sankris* sabe que se le va a abroncar.

Se sientan a la mesa y Pizarro le pregunta qué tal por Benalmádena.

Sankris explica que no salió mucho. Me alojé, no sé si lo conocéis, en el *Holiday Word Resort* y, entre los cuatro hoteles, las piscinas y el trago todo el día dentro del agua, pues la verdad, salvo una excursión de un día entero al *Caminito del Rey*, que me habían recomendado, no me moví apenas del hotel.

La excursión, me imagino, le dice Pizarro, sería el mismo día en que mataron al abogado Díaz de Terán, ¿no?

Pues sí, eso he leído por ahí.

Qué casualidad, ¿verdad?

Tras los cafés y con una buena copa en la mano Pizarro recupera la conversación que tiene pendiente con *Sankris*.

No te he dicho, en ningún momento qué tienes que hacer o qué no tienes que hacer. Me parece muy bien que en tu barrio las disputas se resuelvan como en el viejo oeste. No es mi problema ni es a lo que vamos. En mi mundo, y cuando digo mi mundo hablo de un mundo donde triunfa la Justicia, las cosas se arreglan poniéndolas en manos de la autoridad. Ya sea esta la policial o la jurídica. No soy partidario de que mis hombres sobrepasen ni un milímetro la Ley. Nunca lo he hecho ni voy a permitirlo ahora.

Pero, jefe.

Ni jefe, ni hostias, *Sankris*. Te he abierto la puerta de mi casa; te he presentado a mi familia; me he comportado contigo como si fueras uno más de mis hombres y tú, a la primera, te acoges a esa ley de la selva que impera por tu barrio.

Ahora, jefe, si me dejas hablar…

Habla.

Te lo dije el día del entierro. Yo vivo en San Cristóbal de los Ángeles, físicamente está en Madrid pero, realmente, se encuentra a miles de kilómetros de tu mundo. La gente saca su vida adelante como puede. Si hay algo realmente vivo y a respetar es al amigo, al vecino, al colega con el que convives y que, a la menor, daría su vida por ti. Así éramos el *Ninchi* y yo. Jamás fuimos al colegio de continuo. Siempre ocurría algo que nos hacía abandonarlo: unos padres violentos, que no respetaban, en absoluto, su matrimonio y a sus hijos. Alcohólicos, mujeriegos, jugadores... Padres que te echaban a la calle para que ellos pudieran dormir la mona y que si han visto el cariño, el amor, la solidaridad, ha sido de la vecina, del amigo, del colega que sufre otro tanto.

No, jefe. En mi mundo no existe eso tan bonito de una policía que vela por la infancia, una obligatoriedad de ir al colegio. Nuestras madres, tras doce horas de limpiar casas, de desplazarse de una zona a otra porque las empresas de limpieza no les dan las horas en el mismo domicilio o en el mismo barrio, tienen que dejarse la vida de un barrio a otro para sacar algo de dinero. Un dinero que, al final, acaba en el bolsillo de padre que la está esperando en la taberna para quitárselo y jugárselo a las cartas.

Vuestra Justicia, vuestra Policía, vuestra vida regalada no tiene nada que ver con la nuestra y aquí, en mi barrio, si alguien daña a mi hermano, a mi colega, a mi vecino, yo mismo implanto la ley del barrio. Y se acaba el cuento.

Perfecto, *Sankris*. Eso era así hasta que comenzaste a trabajar conmigo. ¿Recuerdas cuando te dije que conmigo la Ley iba a misa?

Si, jefe.

Pues la Ley sigue yendo a misa. Y quien no cumple con la Ley o la viola, es separado, de inmediato de mi lado. Y eso es lo que has hecho tú, *Sankris*. Has tomado, libremente, un camino. Un camino que ya te dije, claramente, que estaba equivocado. Y pese a ello, pese a mi advertencia, has elegido convertirte en Dios, y dar o quitar la vida según te plazca.

Pero el abogado...

El abogado era peor que tú, naturalmente. Pero al cruzar esa línea roja te has convertido en otro fuera de la Ley, como el propio abogado. Y como bien te dije, si has elegido ese camino, lo vas a recorrer solo. Conmigo no cuentes.

Entonces me vas a denunciar.

No es eso, *Sankris.* Ya veo que después de tanto tiempo no has sido capaz de captar ni mis instrucciones ni tan siquiera mi comportamiento y mi compromiso con la gente. Jamás delataría a un amigo. Y así va a seguir siendo, pero tú te vas a ir por tu lado y yo iré por el mío. Nuestros caminos se han separado. Es más, tú mismo has elegido un camino distinto al mío y, por lo tanto, aquí y ahora nos tenemos que despedir.

El precio, Sankris, de no denunciar el asesinato del abogado es la pérdida de todo tipo de contacto conmigo y con Lola. Este será el precio de tu lealtad a la ley de tu barrio.

Lola llora amargamente, pero entiende lo que le dice Pizarro. Sabe que en su familia la Ley, la Justicia y el Derecho están por encima de cualquier circunstancia. Un policía, una fiscal y un padre abogado dejan un poso en la educación que no permite la más mínima deslealtad.

Sankris abandona la urbanización Las Marías con lágrimas en los ojos. El vigilante jurado le abre la puerta y *Sankris* sale de la urbanización, por primera vez desde el primer día, sin pararse un momento a vacilar al vigilante. Este, no obstante, al marcharse le saluda militarmente. *Sankris* le devuelve es saludo mientras llora amargamente.

CAPÍTULO 29

Catalina ha invitado a Pizarro y a Lola a cenar en Filandón. Pizarro y Catalina llegan en su pequeño Mercedes descapotable. Lola lo hace a bordo de su Volkswagen Golf. Lo aparca junto a un Maserati Connet amarillo. Pizarro le dice, desde el fondo del aparcamiento, que puede aparcarlo más cerca de la entrada. Ella, cuando llega a su altura le dice que no, que ha preferido aparcarlo cerca del Maserati para ver si se le pega algo. No quiere reconocerlo, pero ha soñado con que el dueño haya bebido más de la cuenta y, confundido, se lleve su Golf y le deje el Maserati a ella.

Pizarro acompaña a Lola hasta la mesa, donde ya les espera Catalina. Unas mesas más allá están sentados Jato y Merche, su esposa, que están cenando con Balo y su esposa.

Ya es jodienda, dice Pizarro. Teníamos que coincidir toda la Comisaría en el puñetero restaurante.

Eso te pasa por darle tres cuartos al pregonero. Verás como piden besugo.

¿Por qué lo dices?

Porque es lo que tú les aconsejaste hace dos semanas, cuando coincidimos en la Comisaría.

Pues otra vez que lo haga me das una patada por debajo, para que me calle.

Han pedido un tatki de atún rojo a la brasa, una fuente de jamón ibérico y una ensalada de un tomate perfecto de maduración y aroma con unos espárragos trigueros a la brasa. Luego Lola y Catalina han pedido una de las especialidades de la casa: el lenguado Evaristo. Un lenguado enorme, terso y fresco que da gusto de verlo. Pizarro ha pedido un tartar de atún rojo de Almadraba.

De la carta de vinos ha elegido un Dominio del Pidio, un tinto de la Ribera del Duero, que ha descolocado a Catalina.

¿Tú pidiendo vino de la Ribera del Duero?

Es que hoy no me apetece vino, dice sonriendo. He dudado si pedir este vino o una botella de El Gaitero.

A los postres la casa les ofrece una botella de *Taittinger Brut Réserve* helada.

Estos canallas ya podrían haber traído el champán al principio, nos habríamos ahorrado el vino.

Y hubiera acompañado mejor al pescado. ¿No te parece?

Pues sí. Pero ya te dije que no me apetecía vino.

Cuando traen la cuenta Catalina la paga con su tarjeta de crédito. Al cotejar la nota con lo consumido Catalina hace notar el precio del vino: 45 euros.

Pues no me parece caro, dice ella.

¿No te parece caro?, dice Lola. Y ayer mismo te quejabas de que el aceite de oliva estaba a 10 euros el litro.

Sí, pero es aceite.

Y esto vino, no te digo.

Entiéndeme, quiero decir que el vino, para llegar a la mesa tiene todo un proceso.

¿Y crees que al olivo se le ordeña? El aceite también tiene su proceso. Igual que el vino. El litro de aceite, además, te dura casi una semana haciendo un uso normal de él. El vino, en cambio, te lo tomas en una sola cena.

Ahí tiene razón Lola, dice Pizarro. El aceite de oliva, como lo tenemos ahí al lado y nunca falta, no le damos la auténtica importancia que tiene.

Cuando están acabando de tomar el champán Jato se levanta de su mesa y se acerca a la de Pizarro. Saluda y besa a ambas hermanas.

¿Qué has comido, Jato?

Besugo, por supuesto. Igual que tú.

No, yo no. Hoy no lo he pedido porque me ha dicho el maitre que estaba pasado. Llevan dos días en que apenas lo pide nadie y estaba bastante pasado. Olía desde aquí.

Jato hace una muestra de sorpresa y pone cara de disgusto. Enseguida Lola y Pastrana se ríen y descubren la broma de Pizarro.

Era broma, hombre. He pedido atún. Estamos en plena temporada y hace mucho que no me acerco a Barbate. Tenía entre ceja y ceja un tataki.

Os he pedido unas copas. Ahora os las traerán.

Muchas gracias.

Por cierto, Pizarro. Te voy a contar una cosa que te va a hacer gracia. Y no pienses que te estoy devolviendo la broma. Esto es de lo más en serio que puede ocurrir. Nos ha visitado tu amigo *Sankris*, el chaval ese que dice que le has despedido.

¿Y...?

Me ha pedido información para ingresar en la Academia de Ávila. Al muchacho le ha venido, de golpe una revelación y se nos quiere hacer madero.

FIN

AGRADECIMIENTOS

Como siempre, y, en primer lugar, a mis dos nietas, que son lo mejor de lo que me queda. Gracias, Clau y gracias, Carmencita.

Al resto de mi familia, por su resignación y la capacidad de soportarme.

A mis amigos y además lectores. Ellos son quienes me obligan a sentarme frente a la alba pantalla del ordenador.

A Gonzalo Aparicio, a Victoria Castillo y a Chus Balo que me corrigen, me animan y me leen antes que nadie.

Y para todos aquellos que tienen un momento para dedicarme mientras leen esta turrada que, ¡vaya por Dios!, era cierto que no había dos sin tres.

Muchas gracias a todos.

© 2025 Angel Soria Rodríguez
Editorial: BoD · Books on Demand,
Calle de Manzanares, 4, 28005 Madrid,
bod@bod.com.es
Impresión: Libri Plureos GmbH,
Friedensallee 273,
22763 Hamburg (Alemania)
ISBN: 978-84-1373-968-7